豐子愷集

附卷 **绘画**

人民文学出版社

/ 儿童相

“爸爸回来了”___ 3

哥哥穿嫌短___ 4

花生米不满足___ 5

会议___ 6

阿宝两只脚___ 7

儿童未解供耕织___ 8

办公室___ 9

BROKEN HEART ___ 10

你给我削瓜___ 11

折得荷花浑忘却___ 12

两小无嫌猜___ 13

糯米粥___ 14

努力惜春华___ 15

火肉粽子___ 16

妹妹新娘子___ 17

青梅___ 18

郎骑竹马来___ 19

似爱之虐___ 20

无条件劳动___ 21

逃避与追求___ 22

柳下相逢握手手___ 23

锣鼓响___ 24

盛年不重来___ 25

星期日是母亲的烦恼日___ 26

小松植平原___ 27

今朝儿童节___ 28

东风浩荡___ 29

兔子啊兔子___ 30

元旦小景___ 31

喂马___ 32

高举鸽灯___ 33

新生___ 34

唱歌归去___ 35

星期六之夜___ 36

注意力集中___ 37

燕子来时新社___ 38

团结就是力量___ 39

小小儿童见识高___ 40

小小儿童有志气___ 41

儿童散学归来早___ 42

儿童不知春___ 43

恭贺新禧___ 44

天然秋千___ 45
燕子没有手___ 46
中华人民共和国
万岁___ 47
种瓜得瓜___ 48
新阿大　旧阿二___ 49
天气正晴明___ 50
庭前生青草___ 51
返老还童图___ 52
英雄故事___ 53
早晨起得早___ 54

/ 学生相

姊妹___ 57
告诉先生___ 58
蝴蝶来仪___ 59
钻研___ 60
子规啼血四更时___ 61
小学时代的同学___ 62
小学时代的先生___ 63
步调一致___ 64
小语春风弄剪刀___ 65
自制望远镜___ 66
用功___ 67
好问的学生___ 68
寒假回家的哥哥___ 69
课余自制凤凰箫___ 70
前程远大___ 71
“回来了！”___ 72
“下课？”___ 73
村学校的音乐课___ 74
兼保姆的学生___ 75
教育（一）___ 76
教育（二）___ 77
某种教师___ 78
窗内的战与窗外的
战___ 79
近视养成所___ 80
开学之日___ 81
背诵___ 82
升学机___ 83
理想的钟　考试
时间___ 84
理想的钟　休息十
分间___ 85

某事件___86
“壁上不可写字！先生说的。”___87
某种学校___88
看戏式的听讲___89
灵肉战争___90
归家___91
录取新生___92
缴卷___93
剪冬青联想___94
散课前之校门___95
艺术教育的大教室___96
经济的听讲___97

古诗新画

春日游　杏花吹满头___101
此造物者之无尽藏也___102
不畏浮云遮望眼___103
海内存知己___104
豁然开朗___105
今夜故人来不来___106
海水摇空绿___107
白云无事常来往___108
六六水窗通___109
翠拂行人首___110
一间茅屋负青山___111
明月几时有___112
堤边杨柳已堪攀___113
草草杯盘供语笑___114
百年笑口几回开___115
白发镊不尽___116
古塚密于草___117
春在卖花声里___118
好是晚来香雨里___119
山高月小___120
阿婆三五少年时___121
垂髫村女依依说___122
清晨闻扣门___123
一叶落知天下秋___124
春光先到野人家___125
家住夕阳江上村___126
借问过墙双蛱蝶___127
借问酒家何处有___128

山涧清且浅___ 129
江流有声___ 130
几人相忆在江楼___ 131
阑干十二曲___ 132
春风欲劝座中人___ 133
贫女如花只镜知___ 134
水光山色与人亲___ 135
山到成名毕竟高___ 136
相逢意气为君饮___ 137
一肩担尽古今愁___ 138
游春人在画中行___ 139
长桥卧波___ 140
松间明月长如此___ 141
三杯不记主人谁___ 142
水藻半浮苔半湿___ 143
思为双飞燕___ 144
杨柳岸晓风残月___ 145
长堤树老阅人多___ 146
惊残好梦无寻处___ 147
昨夜松边醉倒___ 148
月上柳梢头___ 149
欲上青天揽明月___ 150
冠盖满京华___ 151
归来报明主___ 152
渔阳老将谈新战___ 153
无言独上西楼___ 154
小楼西角断虹明___ 155
丫头婢子忙匀粉___ 156
绿酒一卮红上面___ 157
柳暗花明春事深___ 158
乌衣巷口夕阳斜___ 159
旧时王谢堂前燕___ 160
漆室心情人不会___ 161
且推窗看中庭月___ 162
绿杨芳草___ 163
落红不是无情物___ 164
流到前溪无一语___ 165
江春不肯留行客___ 166
香车宝马湖山闹___ 167
青山个个伸头看___ 168
吟诗推客去___ 169
一间茅屋负青山___ 170
秋饮黄花酒___ 171
樱桃豌豆分儿女___ 172
红烛青樽庆岁丰___ 173
流光容易把人抛___ 174

开门白水___175
看花携酒去___176
蜀江水碧蜀山青___177
仰之弥高___178
溪家老妇闲无事___179
昔年欢宴处___180
卖将旧斩楼兰剑___181
满眼儿孙身外事___182
田翁烂醉身如舞___183
满山红叶女郎樵___184
唯有君家老松树___185
小桌呼朋三面坐___186
六朝旧时明月___187
柳暗花明又一邨___188
主人醉倒不相劝___189
严霜烈日皆经过___190
一叶落知天下秋___191
煨芋如拳劝客尝___192
沽酒客来风亦醉___193
麦野桑村有酒徒___194
日暮影斜春社散___195
青山不识我姓氏___196
只是青云浮水上___197
未须愁日暮___198
朱颜今日虽欺我___199
闲院桃花取次开___200
底事春风欠公道___201
儿童饱饭黄昏后___202
松下问童子___203
西风梨枣山园___204
相逢畏相失___205
贫贱江头自浣纱___206
竹儿一灯人做梦___207
停船暂借问___208
散抛残食饲神鸦___209
落日放船好___210
既耕亦已种时___211
枯藤老树昏鸦___212
酒能祛百虑___213
今朝卖谷得青钱___214
嘹亮一声山月高___215
帘卷西风___216
落日解鞍芳草岸___217
年丰便觉村居好___218
劝君更尽一杯酒___219
山有木兮木有枝___220

晚来天欲雪___ 221
长条乱拂春波动___ 222
我醉欲眠君且去___ 223
置酒庆岁丰___ 224
一般离思两销魂___ 225
莫向离亭争折取___ 226
一枝红杏出墙来___ 227
织女明星来枕上___ 228
湖山此地曾埋玉___ 229

/ 都市相

人散后 一钩新月天如水___ 233
衔园课子图___ 234
饭店速写___ 236
饭店速写___ 237
畅适___ 238
高谈___ 239
都市奇观___ 240
此亦人子也___ 241
孤儿与娇儿___ 242
高柜台___ 243
某父子___ 244
买粽子___ 245
母亲又要生小弟弟了___ 246
蔷薇之刺___ 247
窥见室家之好___ 248
劳动节特刊的读者___ 249
锣鼓响___ 250
苏州所见___ 251
假三层楼___ 252
湖上酒家___ 253
惊呼___ 254
手倦抛书午梦长___ 255
重庆凯旋路___ 256
梁上燕 轻罗扇___ 257
中秋之夜___ 258
最后的吻___ 259
春节人人乐___ 260
除夜___ 261
“今晚两岁，明朝三岁。”___ 262
都会之春___ 263

同情___ 264
冬日街头___ 265
爱的收支相抵___ 266
提携___ 267
瑞雪映晴空___ 268
国庆十周年之夜___ 269
病车___ 270
春在卖花声里___ 271
待修的钟___ 272
好花时节不闲身___ 273
听诊___ 274
某种教育___ 275
山茶欣赏___ 276
向后转___ 277
某夫妇___ 278
花好月圆人寿___ 279
饮水思源___ 280
十里明湖一叶舟___ 281
晨出___ 282
送别___ 283
桂花___ 284
糖糕___ 285
过洋桥___ 286
冬夜工毕___ 287
“火热馒头！”___ 288
脚夫___ 289

民间相

KISS ___ 293
把酒话桑麻___ 294
茶店一角___ 295
还有五里路___ 296
任重道远___ 297
倦旅___ 298
可叹无知己___ 299
风云变幻___ 300
孤云___ 301
冬日可爱___ 302
冬___ 303
跌一交且坐坐___ 304
大道将成___ 305
瓜车翻覆___ 306
从三文钱一碗吃到四百元一碗___ 307
华光楼前___ 308

黔道___309
散市___310
踏青挑菜___311
茅店___312
月暗小西湖畔路___313
民间之春___314
前面好青山___315
希望___316
兴奋之群___317
馄饨担___318
寻常巷陌___319
无产者之群___320
渴者___321
酒家速写___322
张家长李家短___323
鬻儿___324
争食___325
阿大去借米___326
赚钱勿吃力___327
渐入佳境___328
依松而筑___329
立等___330
挖耳朵___331
杨柳青___332
衣冠之威___333
广西小品___334
今夜两岁___335
长孙抱幼子___336
阿Q遗象___337
郎住东来妾住西___338
日长耕作罢___339
云霓___340
迎春爆竹响千家___341
卖浆___342
藕___343
卖席___344
待车___345
卖菊花___346
三板两支___347

战时相

天涯静处无征战___351
战场之春___352
愿作安琪儿___353
大树根柢固___354

警报作媒人___355
昔年的勇士___356
荣誉军人___357
颁白者___358
炮弹作花瓶___359
轰炸___360
轰炸___361
轰炸___362
小主人的腿___363
仓皇___364
检查___365
粥少生多___366
一心以为有警报将至___367
“回乡豆！”___368
“飞机高，飞机低。”___369
A BOY___370
谁当获者妇与姑___371
劫后重生___372
卅四年八月十日之夜___373
待得来年重把酒___374
儿童相见不相识___375
战时的儿童___376
稚子牵衣问___377
战时相之一___378
义务书店___379

护生护心

蚂蚁搬家___383
被弃的猫___384
哀鸣___385
得其所哉___386
得其所哉___387
大树垂枝___388
漏网___389
间接的自喂___390
惠而不费___391
生离欤___392
倘使羊识字___393
大鱼啖小鱼___394
襁负其子___395
树的受刑___396
生机___397

香饵自香鱼不食___ 398
好鸟枝头亦朋友___ 399
静看檐蛛结网低___ 400
雀巢可俯而窥___ 401
“我的腿”___ 402
开棺___ 403
买得晨鸡共鸡语___ 404
鸥鸟可招___ 405
但令四海常丰稔___ 406
惊异___ 407
吾徒胡为纵此乐___ 408
三千年开花三千年结实之桃___ 409
天空任鸟飞___ 410

／封面

《我们的七月》（1924）___ 413
《爱的教育》（1926）___ 414
《音乐入门》（1926）___ 415
《立达学园一览》（1926）___ 416
《中国青年》第 121 期（1926）___ 417
《中国青年》第 126 期（1926）___ 418
《国木田独步集》（1927）___ 419
《子恺画集》（1927）___ 420
《新时代国语教科书》初小第六册（1927）___ 421
《新时代地理教科书》高小第二册（1927）___ 422
《小说世界》第十七卷第二期（1928）___ 423
《小说世界》第十七卷第三期（1928）___ 424
《小说世界》第十七卷第四期（1928）___ 425
《小说世界》第十八卷第二期（1929）___ 426
《小说世界》第十八卷

第三期（1929）___ 427
《春雨》（1930）___ 428
《艺用解剖学》
（1930）___ 429
《结婚的爱》
（1931）___ 430
《世界大音乐家与名曲》
（1931）___ 431
《儿童教育》第三卷第七
期（1931）___ 432
《儿童教育》第五卷第一
期（1931）___ 433
《小朋友》第 456 期
（1931）___ 434
《小朋友》第 457 期
（1931）___ 435
《小朋友》第 458 期
（1931）___ 436
《小朋友》第 459 期
（1931）___ 437
《小朋友》第 460 期
（1931）___ 438
《小朋友》第 461 期
（1931）___ 439
《小朋友》第 462 期
（1931）___ 440
《小朋友》第 463 期
（1931）___ 441
《小朋友》第 464 期
（1931）___ 442
《小朋友》第 465 期
（1931）___ 443
《小朋友》第 466 期
（1931）___ 444
《小朋友》第 467 期
（1931）___ 445
《小朋友》第 468 期
（1931）___ 446
《东方杂志》第三十卷第
一号（1933）___ 447
《东方杂志》第三十卷第
六号（1933）___ 448
《儿童漫画》
（1933）___ 449
《稻草人》
（1934）___ 450

《新编醒世千家诗》
（1935）___ 451
《中学生》第 52 期
（1935）___ 452
《中学生》第 56 期
（1935）___ 453
《中学生》第 57 期
（1935）___ 454
《中学生》第 59 期
（1935）___ 455
《中学生》第 60 期
（1935）___ 456
《农村合作》第二卷
第六期（1937）___ 457
《农村合作》第二卷第七
期（1937）___ 458
《宇宙风》第 34 期
（1937）___ 459
《宇宙风》第 35 期
（1937）___ 460
《宇宙风》第 36 期
（1937）___ 461
《宇宙风》第 38 期
（1937）___ 462
《字字通》第八册
（1937）___ 463
《闽粤语和国语对照集》
（1938）___ 464
《中文名歌五十曲》
（1938）___ 465
《兴华大力士》
（1938）___ 466
《梅花接哥哥》
（1939）___ 467
《续护生画集》
（1940）___ 468
《护生画集正续合刊》
（1941）___ 469
《护生画三集》
（1950）___ 470
《幼稚园读本》第二册
（1943）___ 471
《子恺漫画选》
（1946）___ 472
《教师日记》
（1946）___ 473

《缘缘堂随笔》
（1946）___474
《武训传》
（1946）___475
《世界奇观》
（1947）___476
《幼幼画集》
（1947）___477
《劫余漫画》
（1947）___478
《孩子们的音乐》
（1947）___479
《猫叫一声》
（1947）___480
《儿童故事》1
（1947）___481
《儿童故事》2
（1947）___482
《儿童故事》3
（1947）___483
《 儿童故事》4
（1947）___484
《儿童故事》5
（1947）___485
《儿童故事》6
（1947）___486
《儿童故事》7
（1947）___487
《儿童故事》8
（1947）___488
《儿童故事》9
（1947）___489
《儿童故事》10
（1947）___490
《儿童故事》11
（1947）___491
《儿童故事》12
（1947）___492
《画中有诗》
（1948）___493
《丰子恺画存》第一集
（1948）___494
《国民学校教师手册》
（1948）___495
《青鸟》（1948）___496
《论语》第 126 期

（1947）___ 497
《论语》第 127 期
（1947）___ 498
《论语》第 163 期
（1948）___ 499
《论语》第 172 期
（1949）___ 500
《绘画鲁迅小说》Ⅳ
（1950）___ 501
《幼童唱游》4
（1951）___ 502
《小朋友唱歌》4
（1951）___ 503
《童年与故乡》
（1951）___ 504
《笔顺习字帖》
（1952）___ 505
《格林姆童话·青蛙王子》
（1953）___ 506
《格林姆童话·灰姑娘》
（1953）___ 507
《格林姆童话·金鹅》
（1953）___ 508
《格林姆童话·生命水》
（1953）___ 509
《格林姆童话·铁汉斯》
（1953）___ 510
《格林姆童话·格利芬》
（1953）___ 511
《子恺漫画选》
（1955）___ 512
《小朋友》
（1957）___ 513
《弘一大师纪念册》
（1957）___ 514
《漫画》第 107 期
（1958）___ 515
《弥陀学校建校十周年》
（1964）___ 516
《弥陀学校建校二十周年》
（1974）___ 517

儿童相

子恺

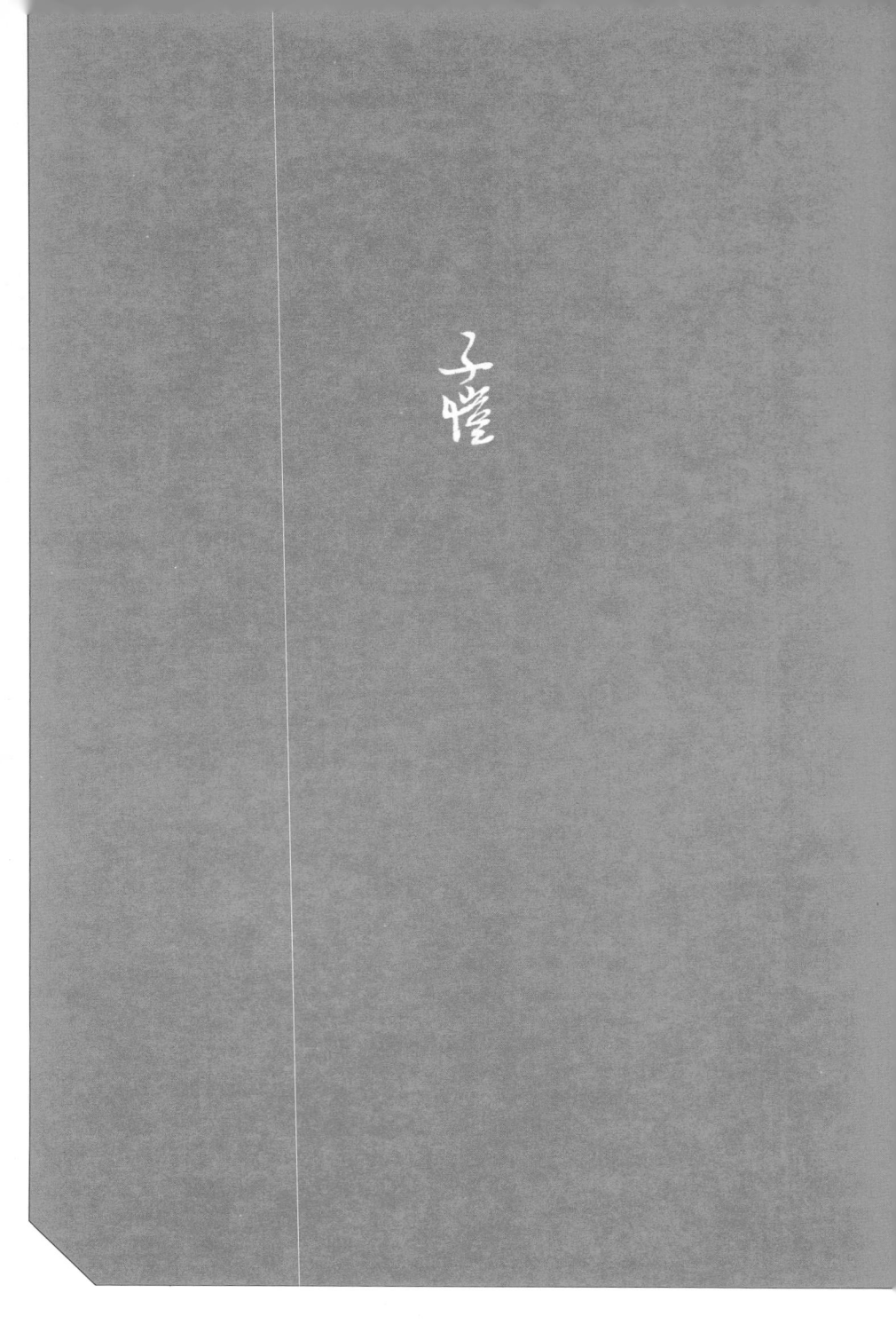

“爸爸回来了”

哥哥穿嫌短　弟弟穿嫌长　妈妈刀尺忙

花生米不满足

会议

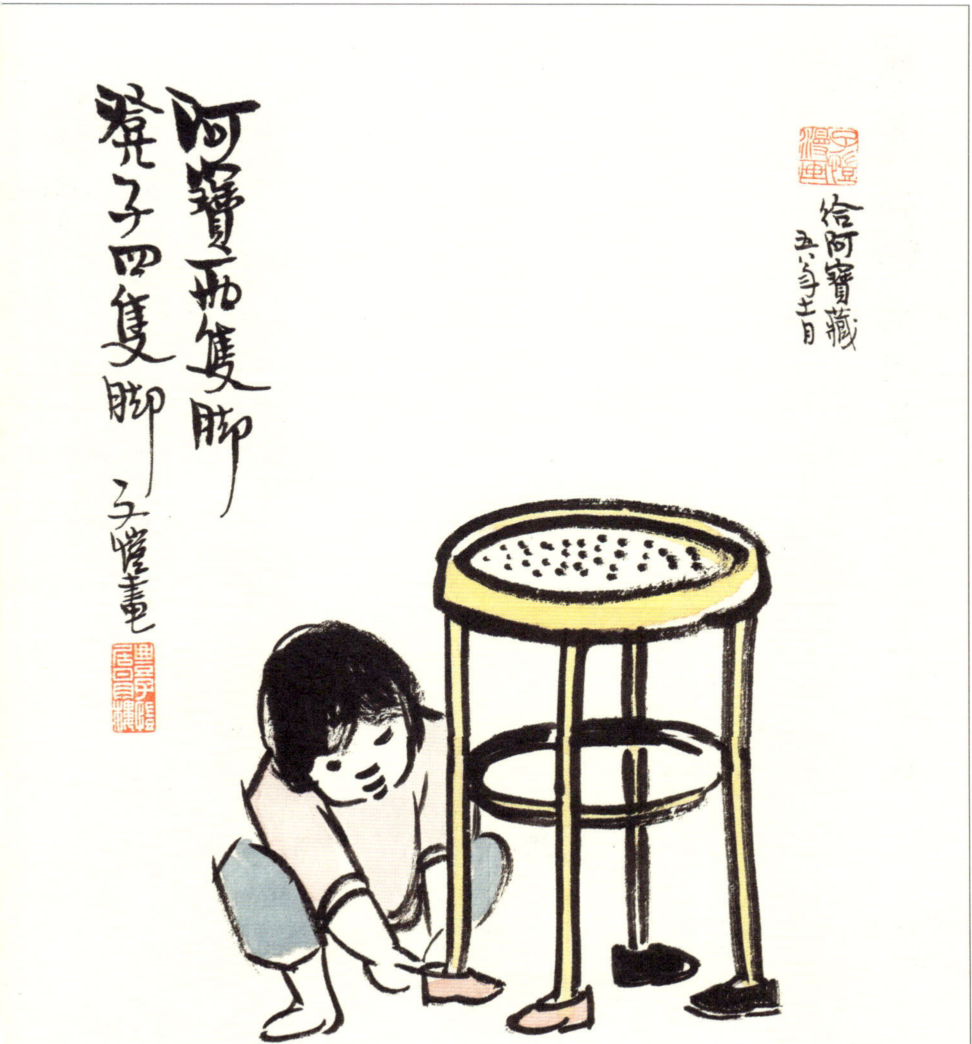

阿宝两只脚　凳子四只脚

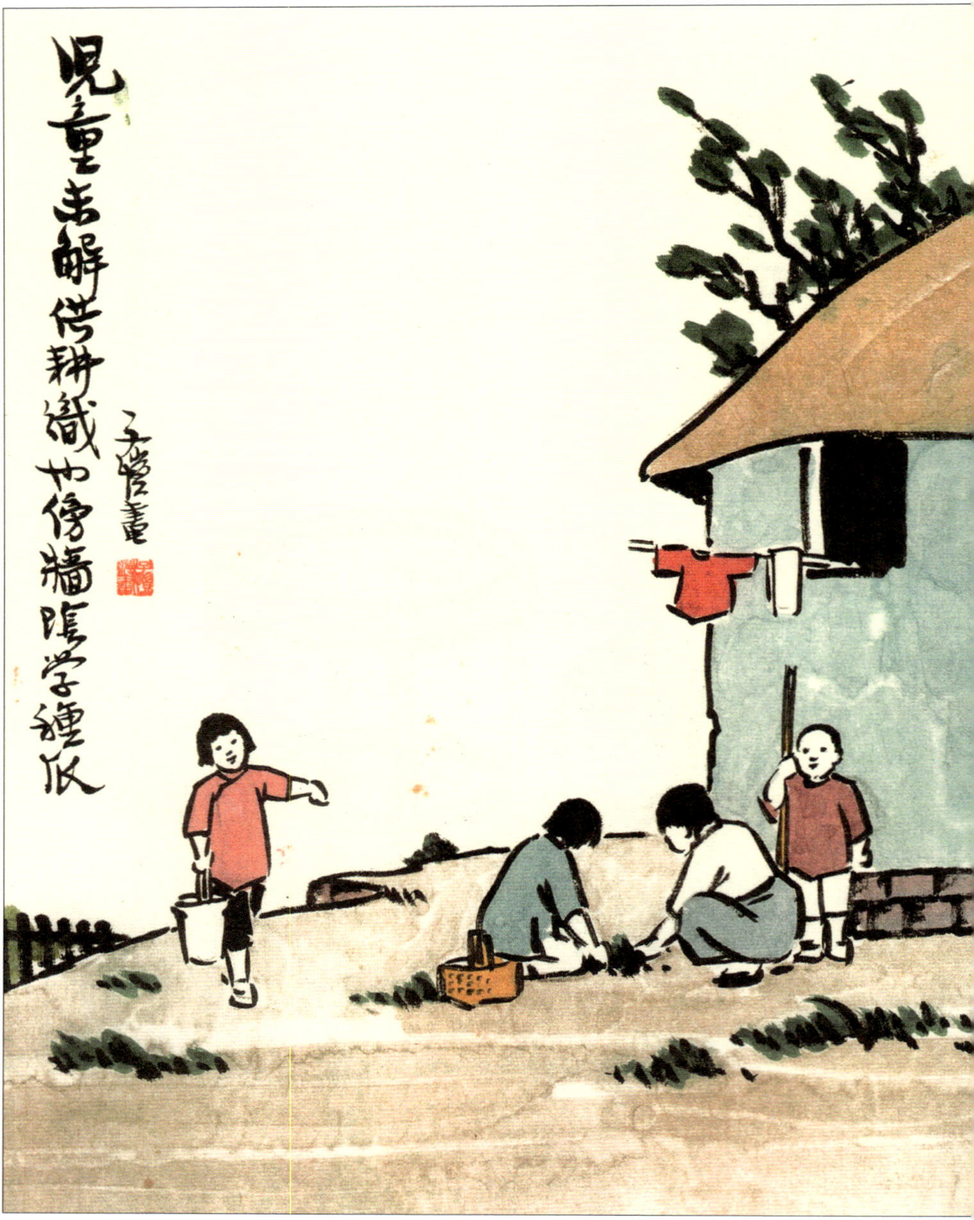
兒童未解供耕織也傍墻陰学種瓜
子愷畫

儿童未解供耕织　也傍墙阴学种瓜

办公室

BROKEN HEART

你给我削瓜　我给你打扇

折得荷花浑忘却　空将荷叶盖头归

两小无嫌猜

糯米粥

努力惜春华

火肉粽子

妹妹新娘子　弟弟新官人　姊姊做媒人

青梅

郎骑竹马来

似爱之虐

无条件劳动

逃避与追求

柳下相逢握手手

锣鼓响

盛年不重来　一日难再晨

星期日是母亲的烦恼日

小松植平原　他日自参天

今朝儿童节　散会归来早

东风浩荡　扶摇直上

うさぎよ うさぎ
おまへのみゝは
なぜそんなに ながい
びわのはをたべて
それでみゝが
ながい

兔子啊兔子　你的耳朵为什么这么长

元旦小景

喂马

高举鸽灯　保卫和平

新生

唱歌归去

星期六之夜

注意力集中

燕子来时新社　梨花落后清明

团结就是力量

小小儿童见识高　造林种树有功劳

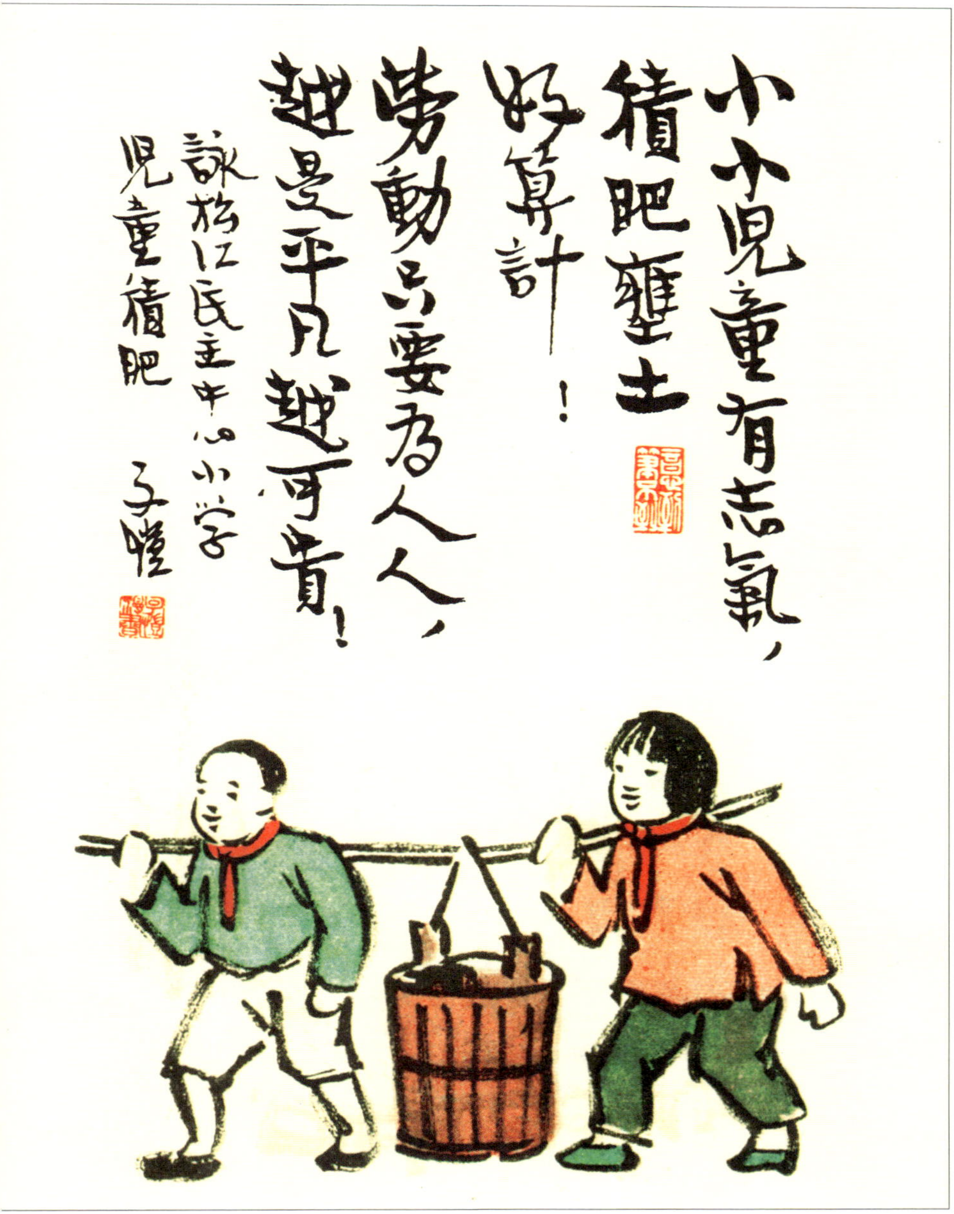
小小兒童有志氣，積肥壅土好算計！
勞動只要為人人，越是平凡越可貴！
詠松江民主中心小学兒童積肥
子愷

小小儿童有志气　积肥壅土好算计！

儿童散学归来早　忙趁东风放纸鸢

儿童不知春　问草何故绿

恭贺新禧

天然秋千

燕子没有手　自己会做窠

中华人民共和国万岁

种瓜得瓜

新阿大　旧阿二　破阿三　补阿四

天气正晴明　大家去游春　排队登高山　最小最先登

庭前生青草　杨柳挂长条　新鲜空气里　功课温得好

返老還童圖
廣洽法師 欣賞
子愷畫贈
良朋咸集 歡度兒童節 天氣清和人快活
個個興高彩烈 唱歌拍手聲中 餅乾糖果香濃
邀請公公列席 祝他返老還童
調寄清平樂
子愷又題

返老还童图

英雄故事

早晨起得早　功课做得好

学生相

子愷

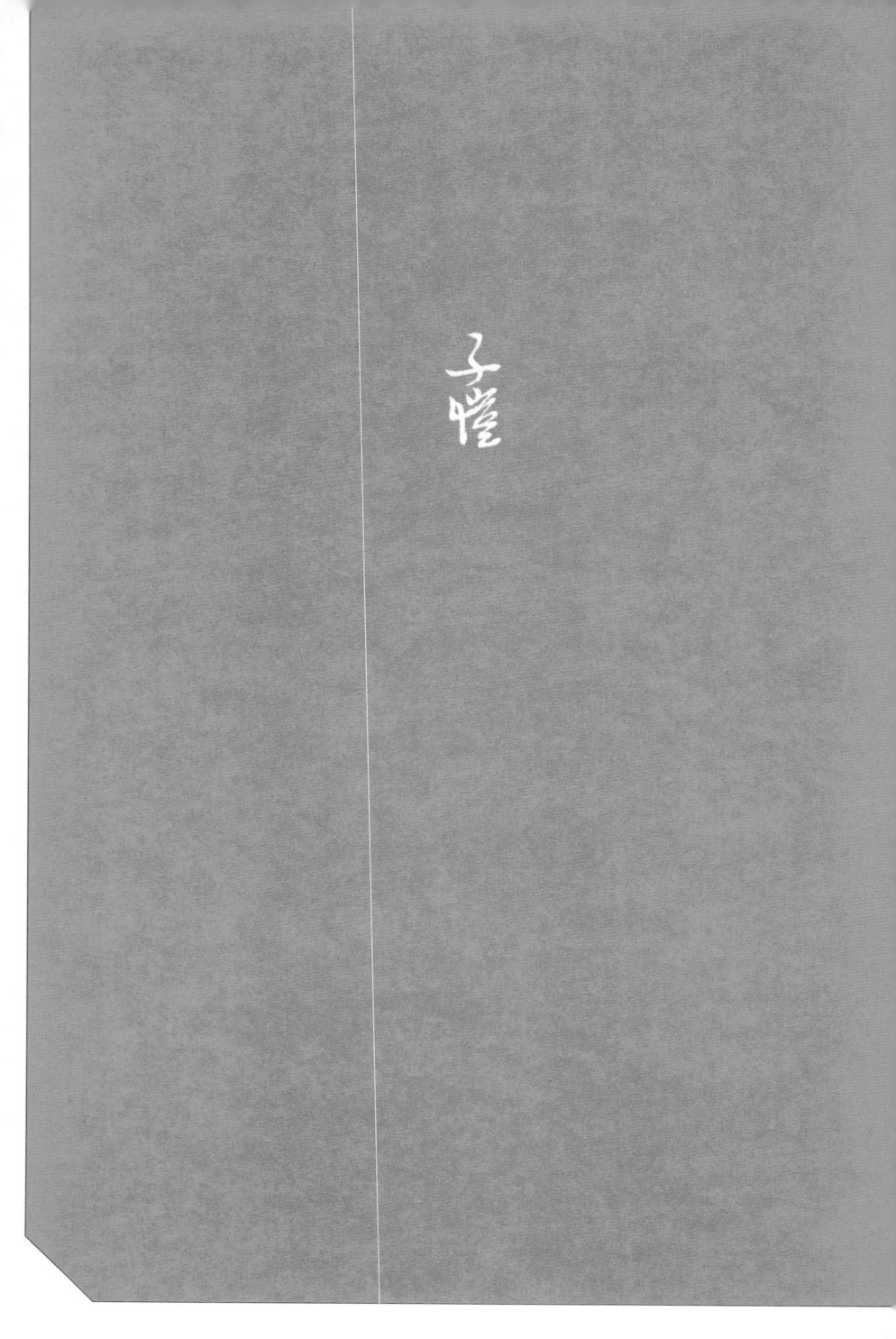

姊妹

告诉先生

蝴蝶来仪

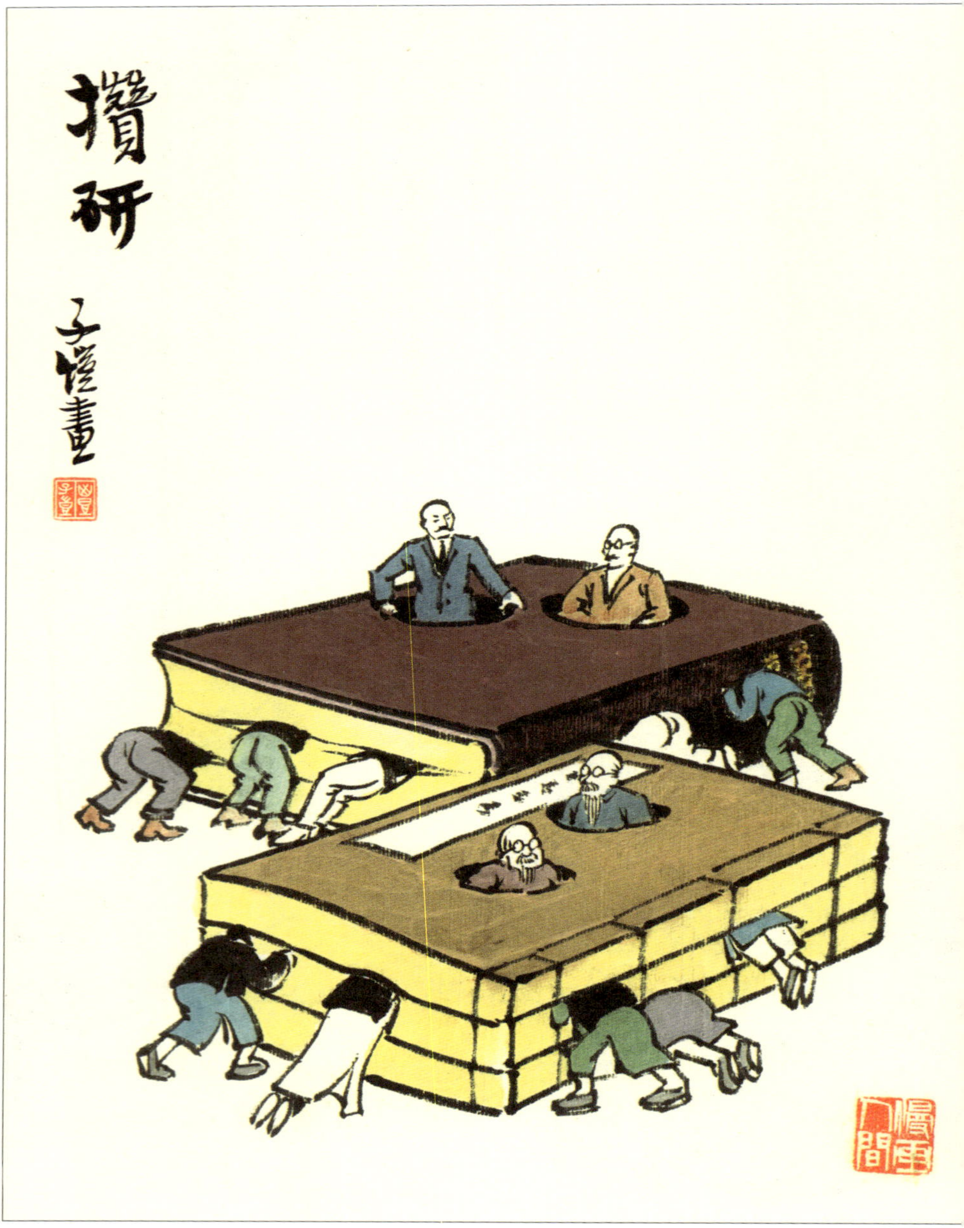

钻研

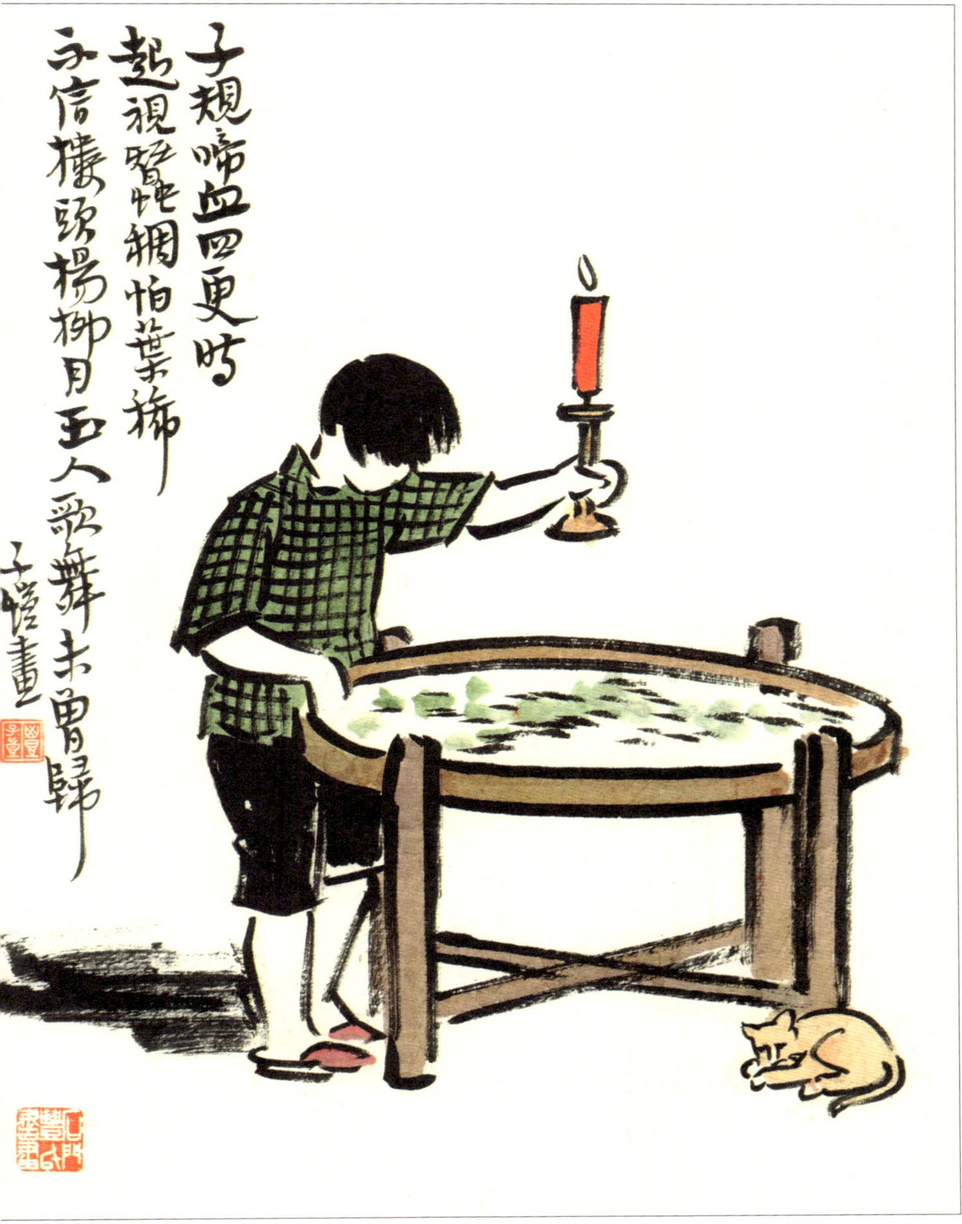
子規啼血四更時
起視蠶稠怕葉稀
不信樓頭楊柳月玉人歌舞未曾歸
子愷畫

子规啼血四更时　起视蚕稠怕叶稀

小学时代的同学

小学时代的先生

步调一致

小语春风弄剪刀

自制望远镜　天空望火星

用功

好问的学生

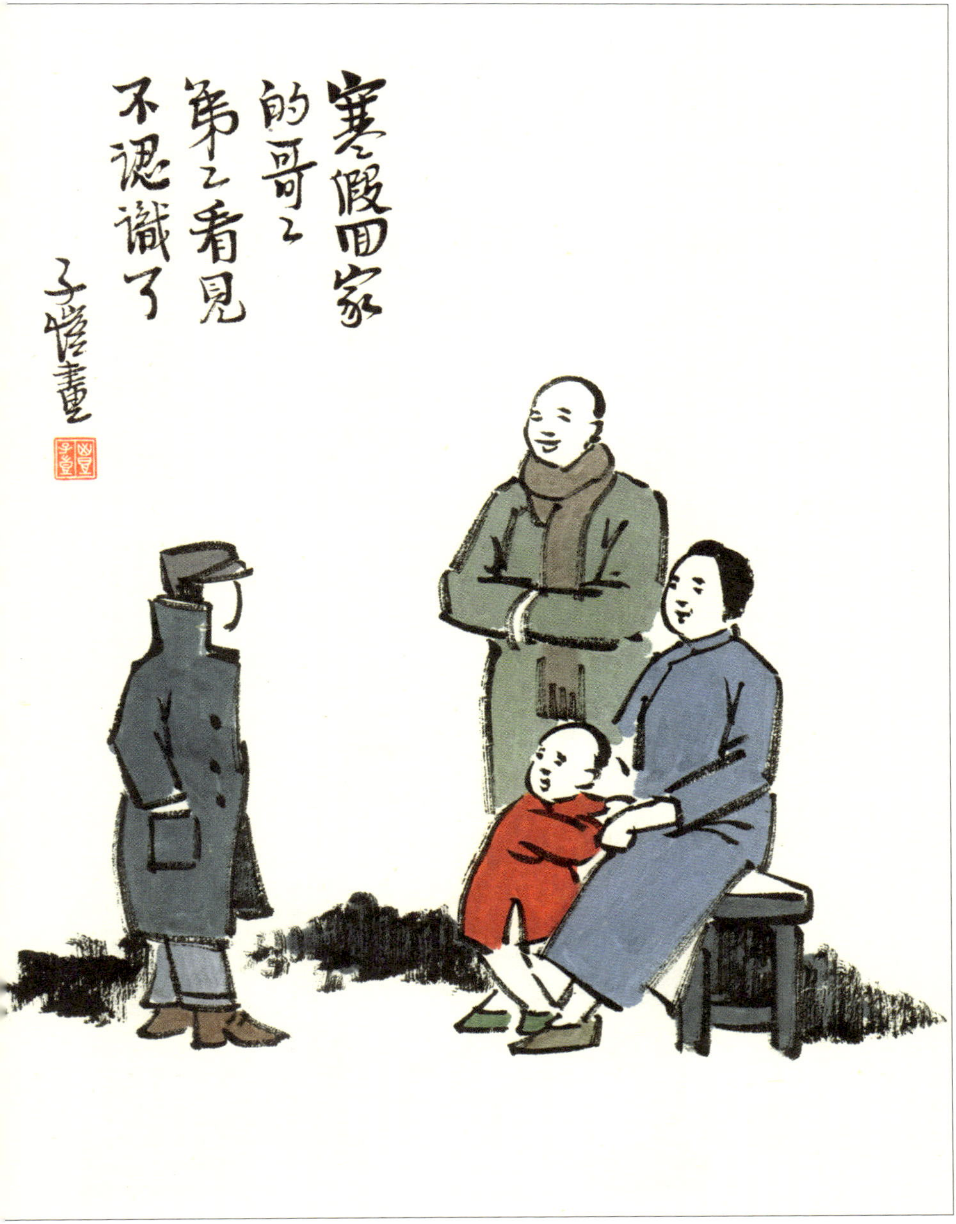
寒假回家的哥哥弟弟看见不认识了
子恺画

寒假回家的哥哥　弟弟看见不认识了

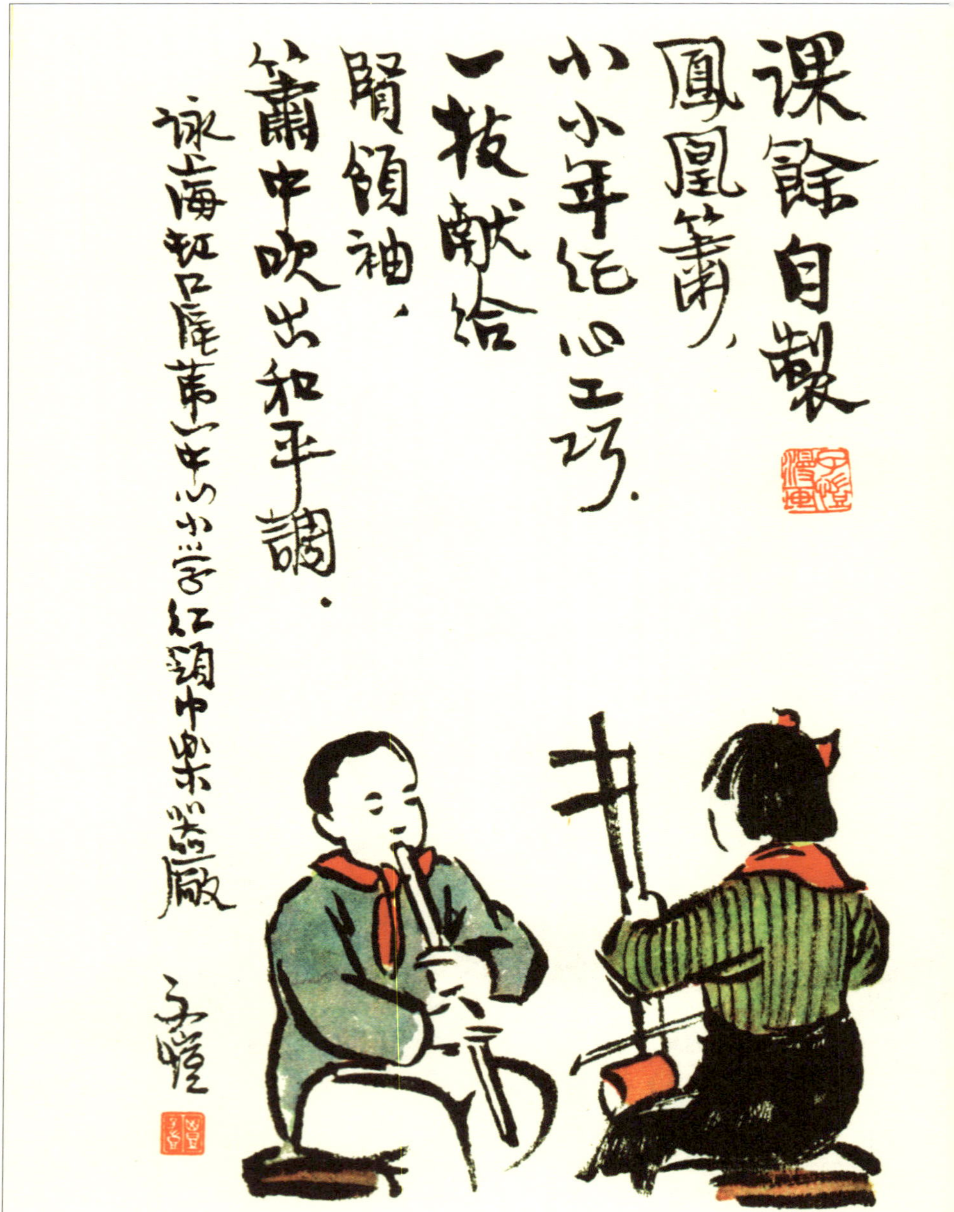
課餘自製鳳凰簫，
小小年紀心工巧。
一枝獻給
賢領袖，
簫中吹出和平調。
詠上海虹口區第一中心小學紅領巾樂器廠
子愷

课余自制凤凰箫　小小年纪心工巧

前程远大

“回来了！”

“下课？”

村学校的音乐课

兼保姆的学生

教育（一）

教育（二）

某种教师

窗内的战与窗外的战

近视养成所

开学之日

背诵

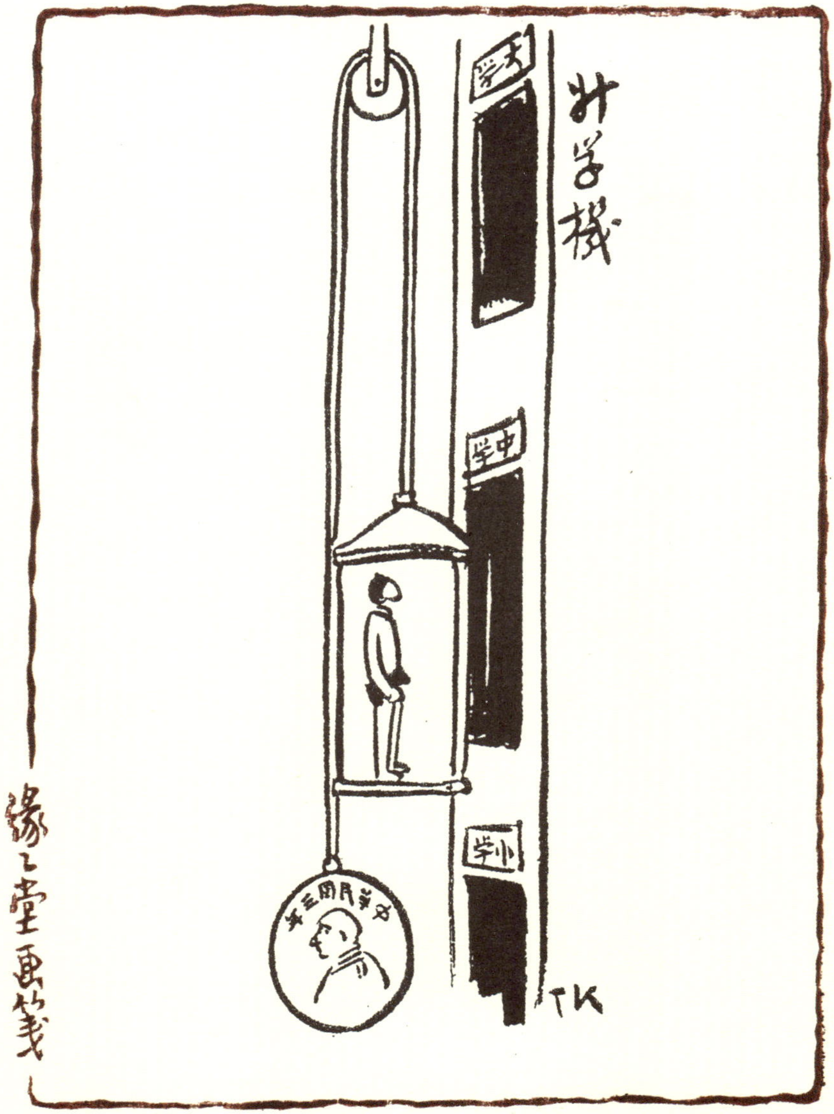

升学机

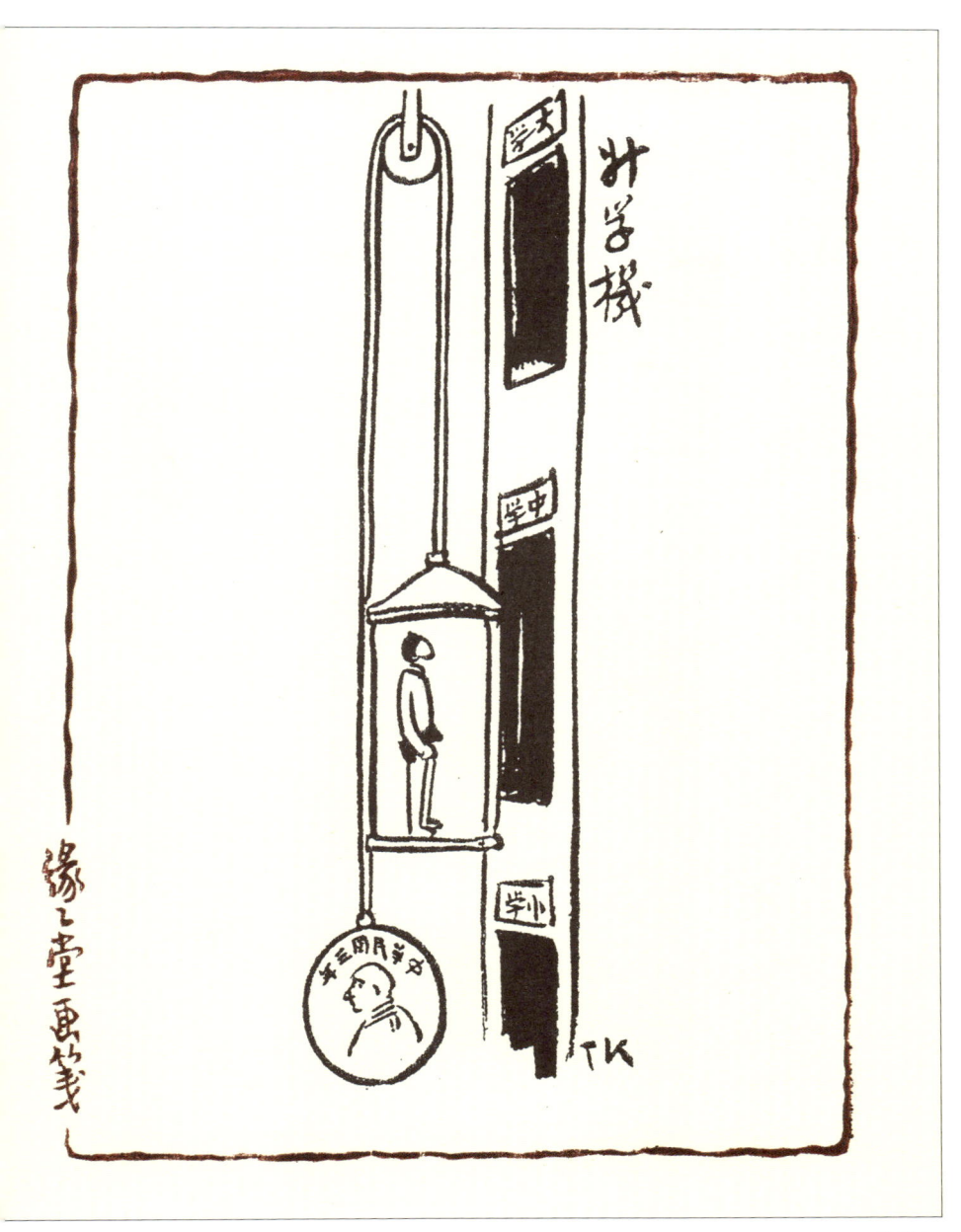

理想的钟　考试时间

理想的钟　休息十分间

某事件

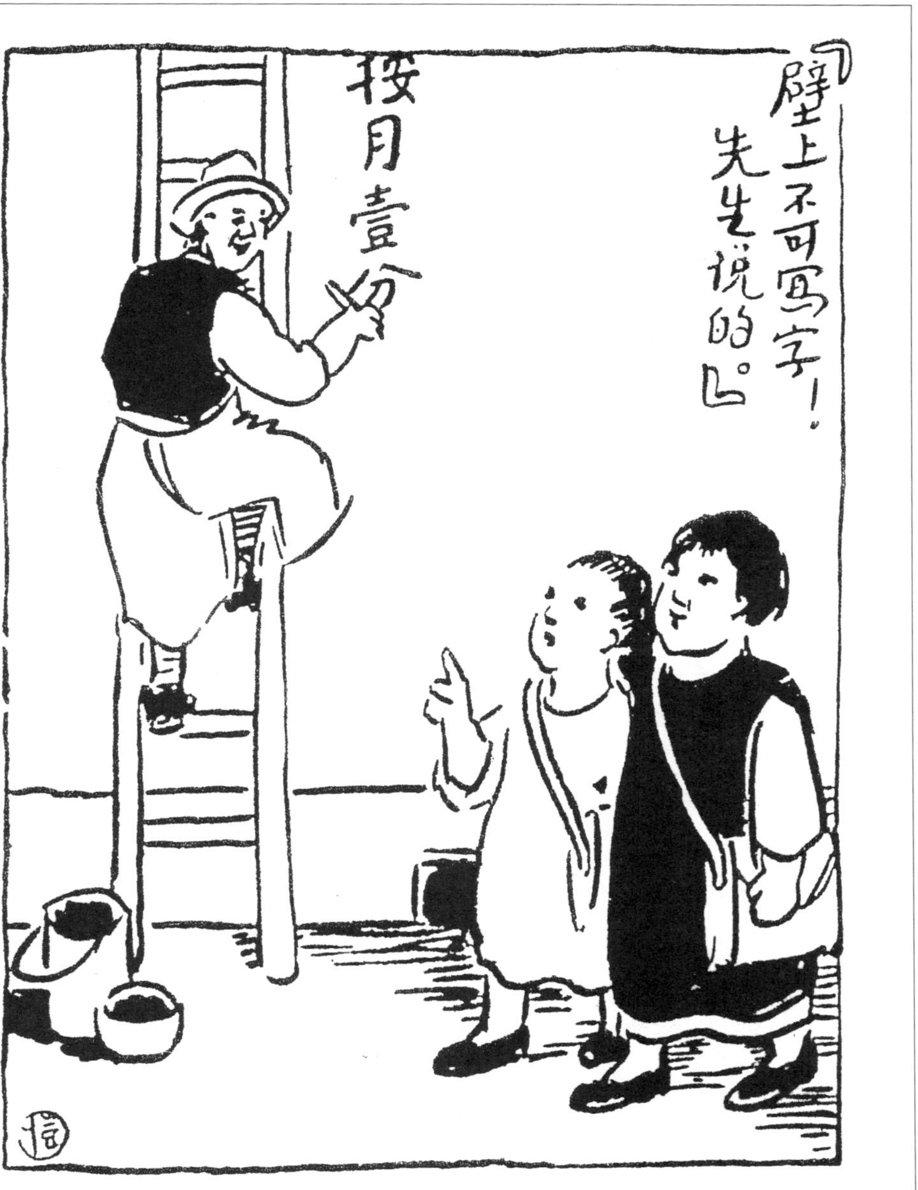
按月壹分
"壁上不可写字！先生说的。"

"壁上不可写字！先生说的。"

某种学校

看戏式的听讲

灵肉战争

归家

录取新生

缴卷

剪冬青联想

散课前之校门

艺术教育的大教室

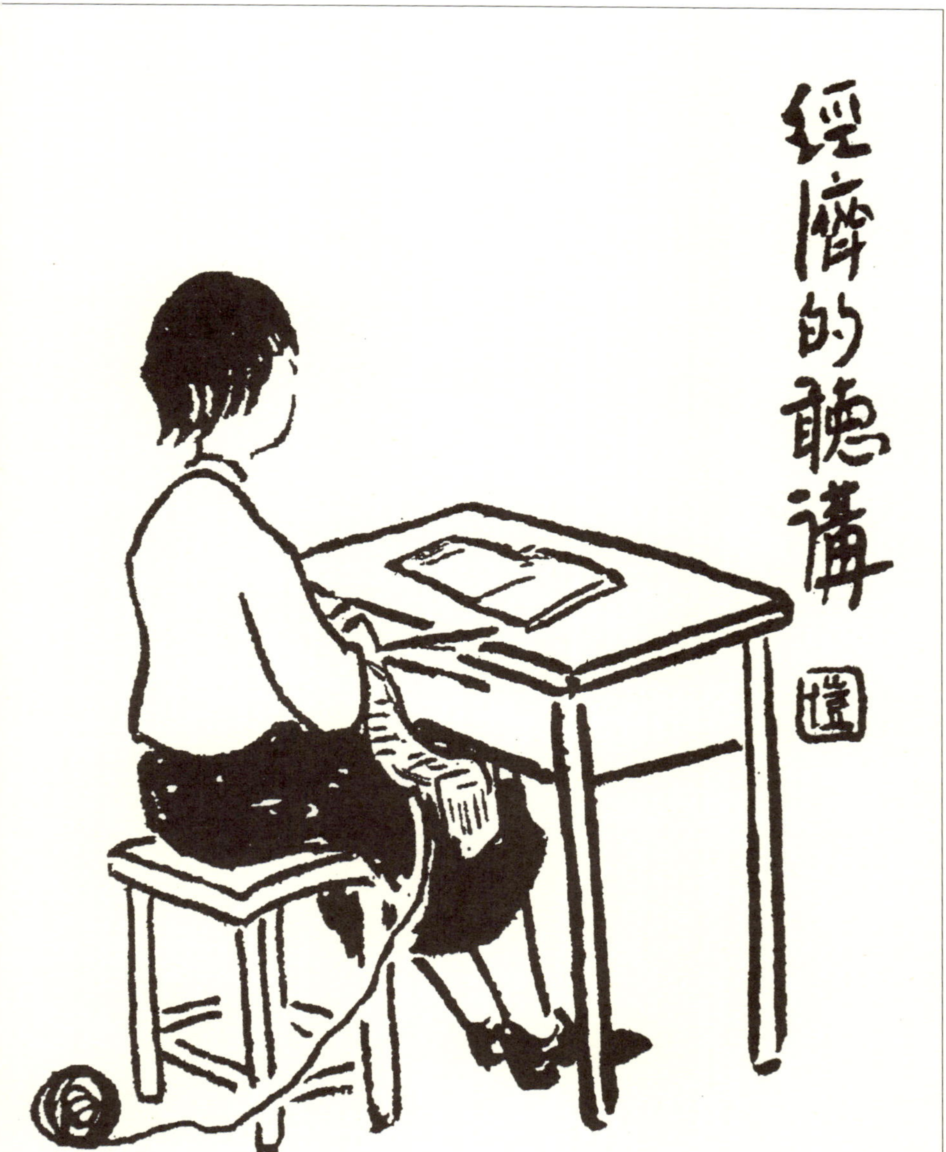

经济的听讲

古诗新画

子愷

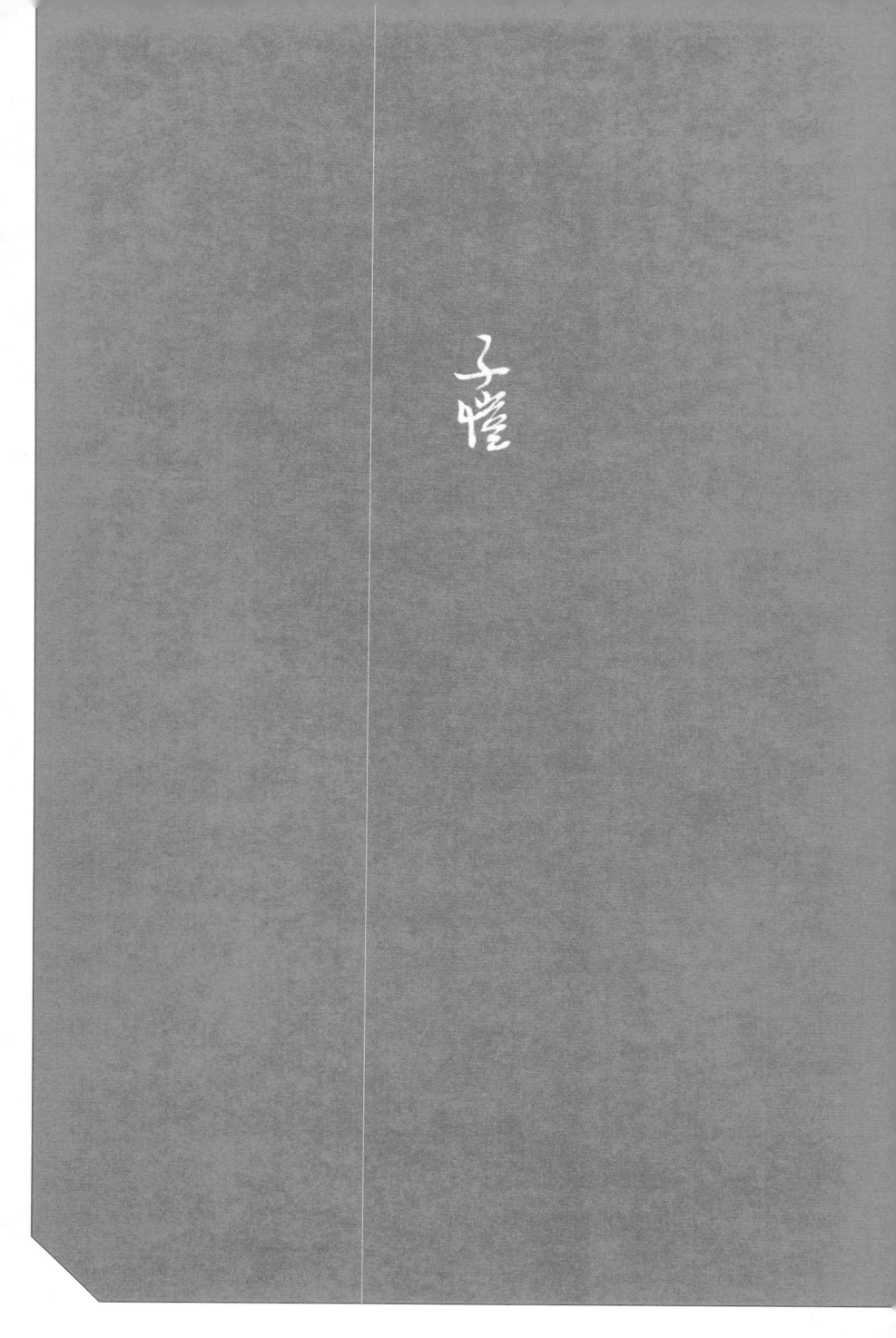

春日游　杏花吹满头

此造物者之无尽藏也

不畏浮云遮望眼　自缘身在最高层

海内存知己　天涯若比邻

豁然开朗

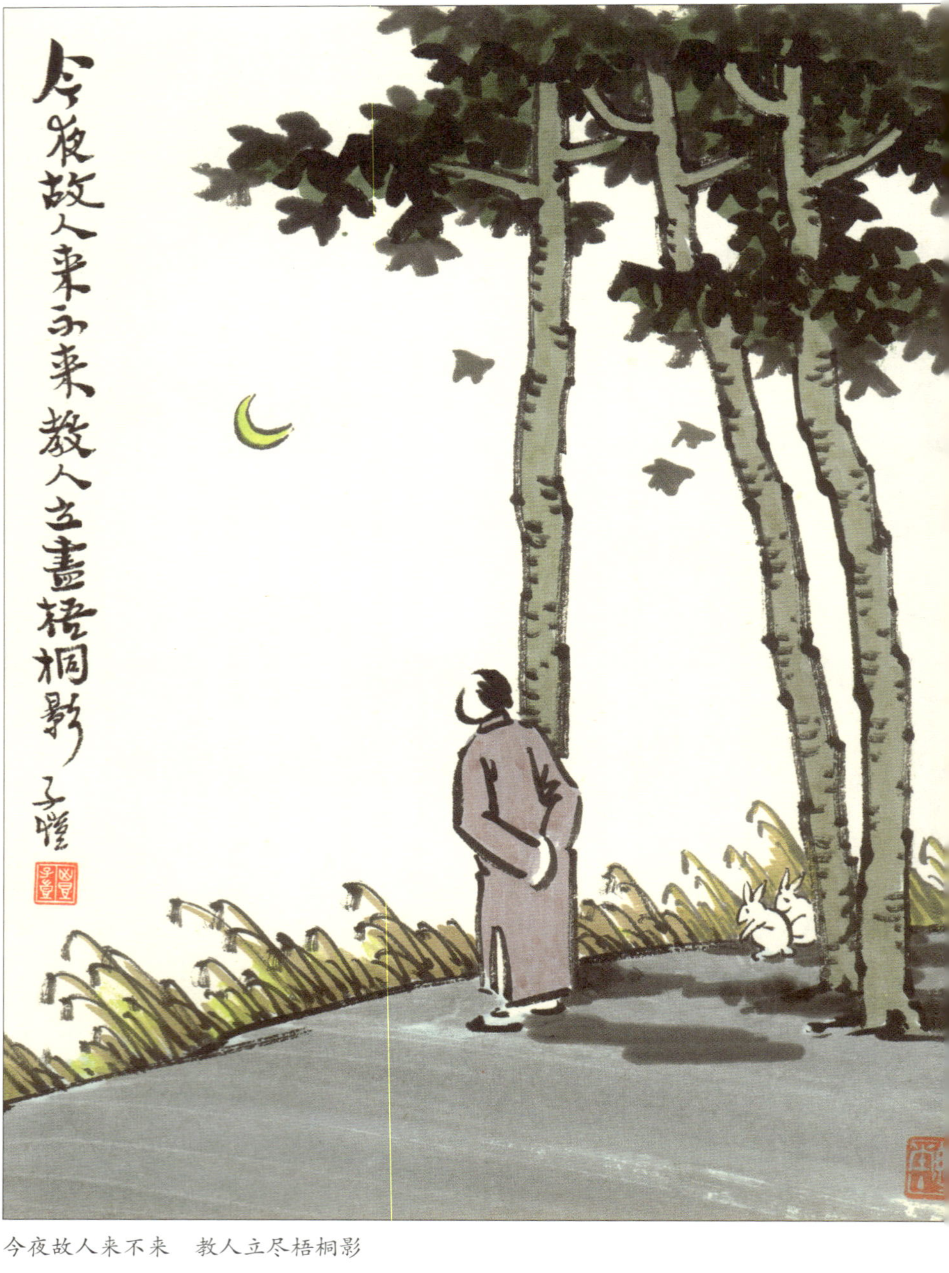
今夜故人來不來教人立盡梧桐影
子愷

今夜故人来不来　教人立尽梧桐影

海水摇空绿

白云无事常来往　莫怪山人不送迎

六六水窗通　扇底微风

翠拂行人首

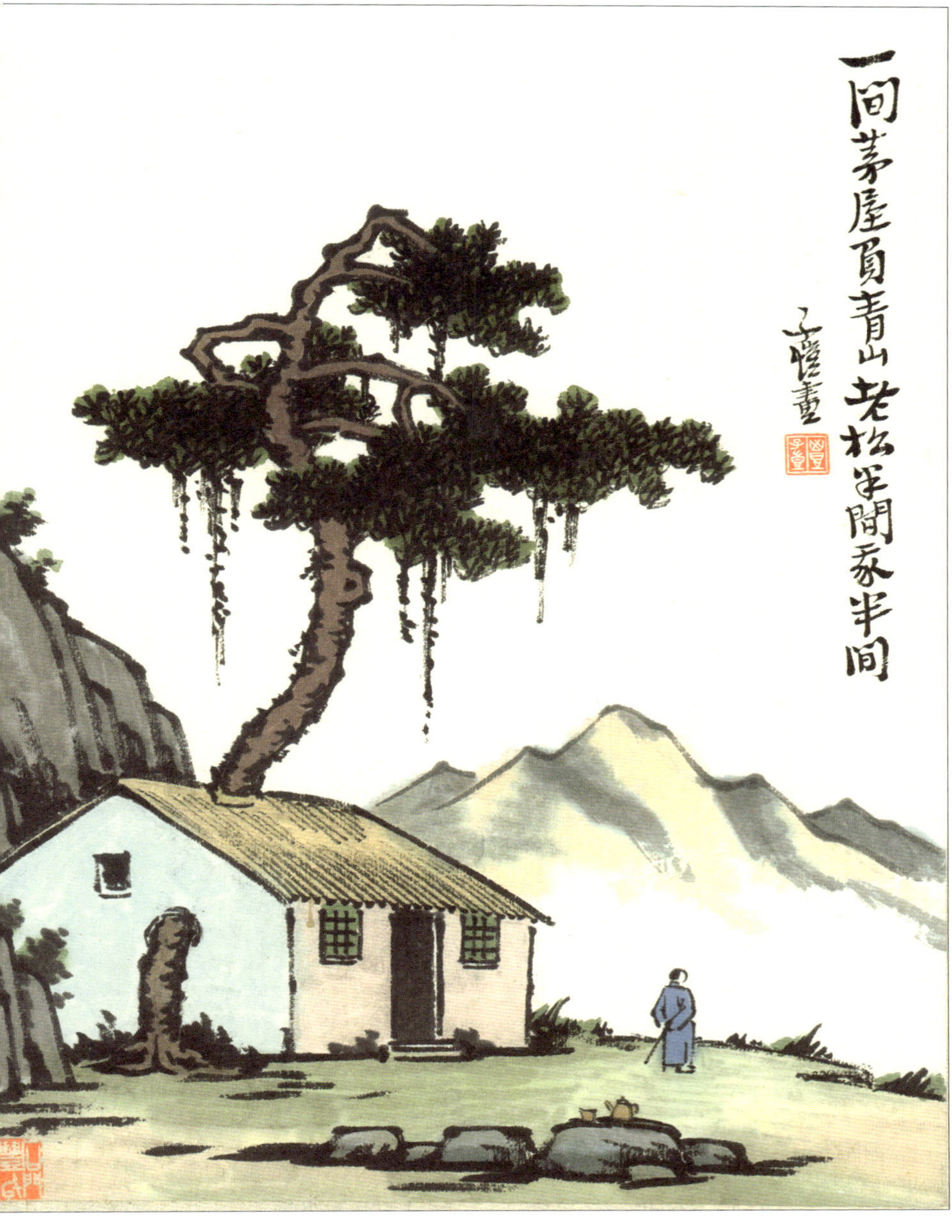
一间茅屋负青山 老松半间我半间
子恺画

一间茅屋负青山　老松半间我半间

明月几时有　把酒问青天

堤边杨柳已堪攀　塞外征人殊未还

草草杯盘供语笑　昏昏灯火话平生

百年笑口几回开

白发镊不尽　根在愁肠中

古塚密于草　新坟侵官道

春在卖花声里

好是晚来香雨里　担簦亲送绮罗人

山高月小　水落石出

阿婆三五少年时

垂髫村女依依说　燕子今朝又作窠

清晨闻叩门　倒裳往自开

一叶落知天下秋

春光先到野人家

家住夕阳江上村　一弯流水浇柴门

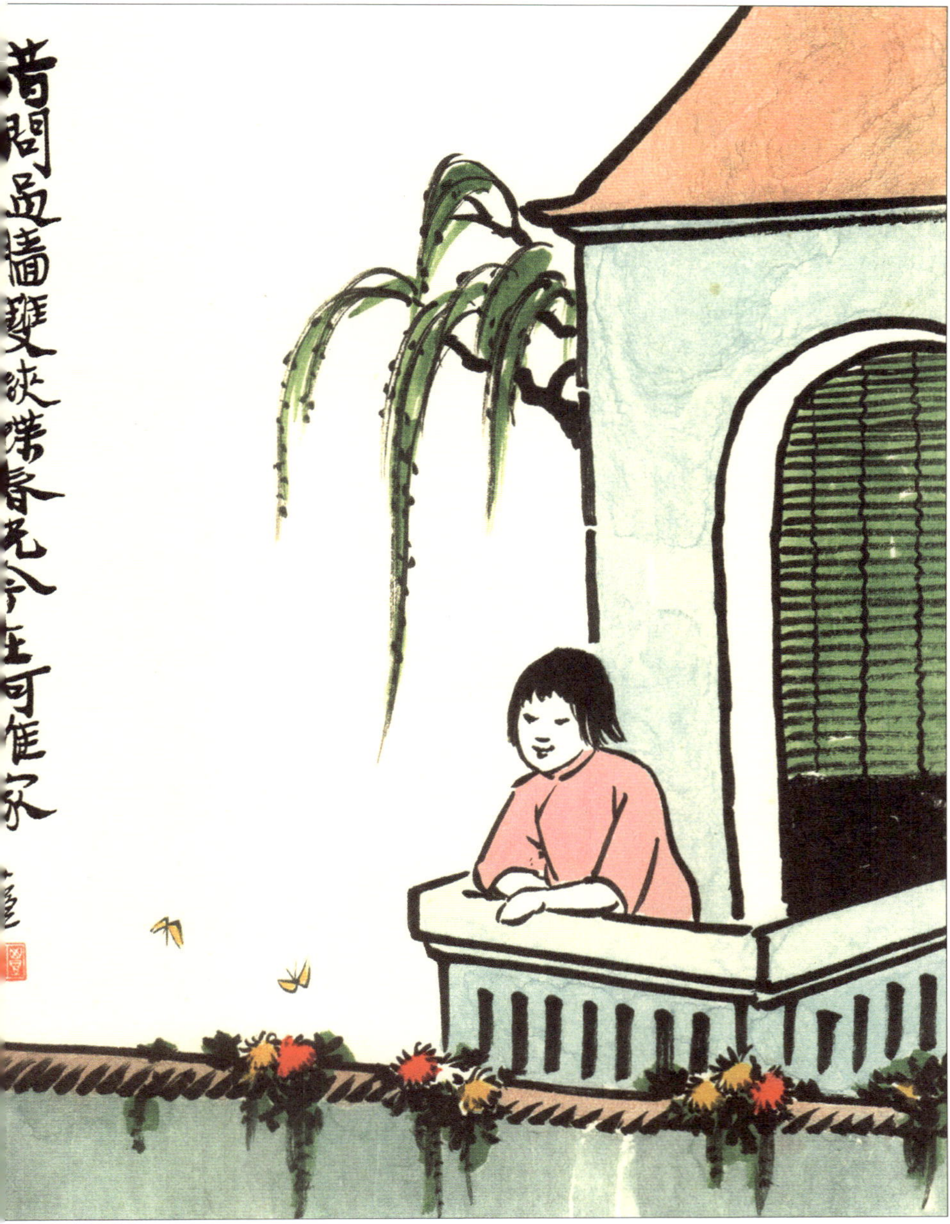
借問過墻雙蛺蝶春光今在阿誰家

借问过墙双蛱蝶　春光今在阿谁家

借问酒家何处有　牧童遥指杏花村

山涧清且浅　可以濯我足

江流有声　断岸千尺

几人相忆在江楼

阑干十二曲　垂手明如玉

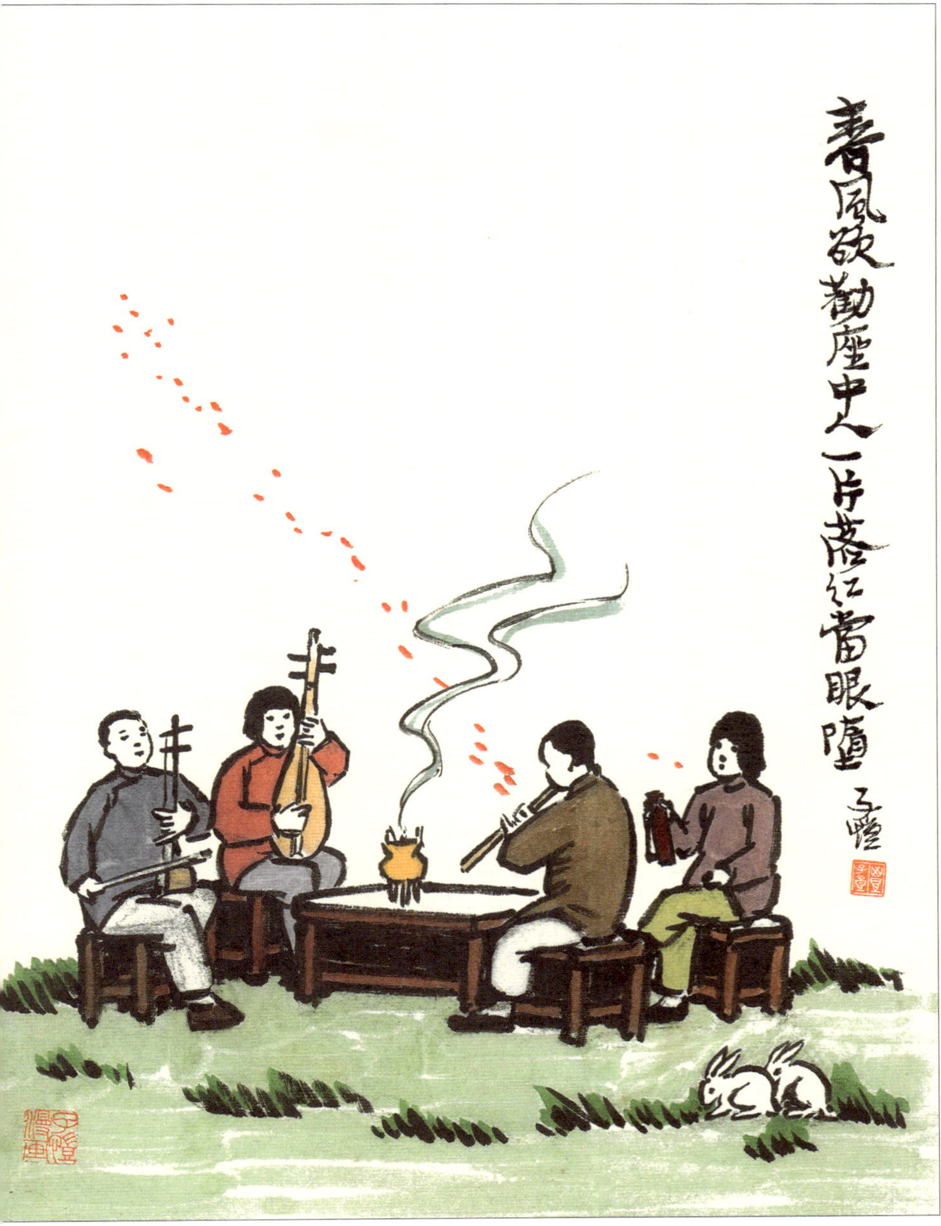
春風欲勸座中人一片落紅當眼墮

春风欲劝座中人　一片落红当眼堕

贫女如花只镜知

水光山色与人亲

山到成名毕竟高

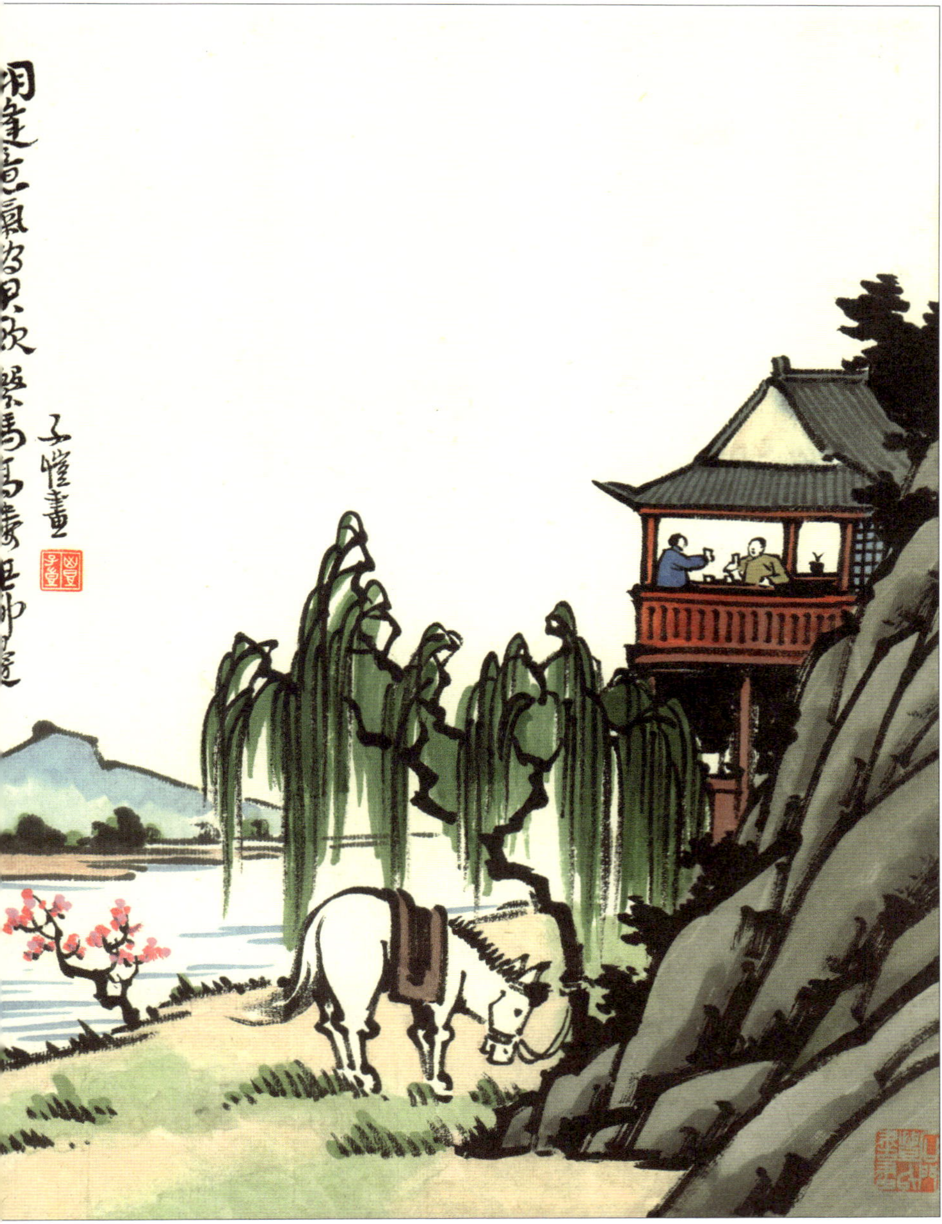
相逢意氣為君飲繫馬高樓垂柳邊
子愷畫

相逢意气为君饮　系马高楼垂柳边

一肩担尽古今愁

游春人在画中行

长桥卧波

松间明月长如此

三杯不记主人谁

水藻半浮苔半湿　浣纱人去不多时

思为双飞燕　啣泥巢君屋

杨柳岸晓风残月

长堤树老阅人多

惊残好梦无寻处

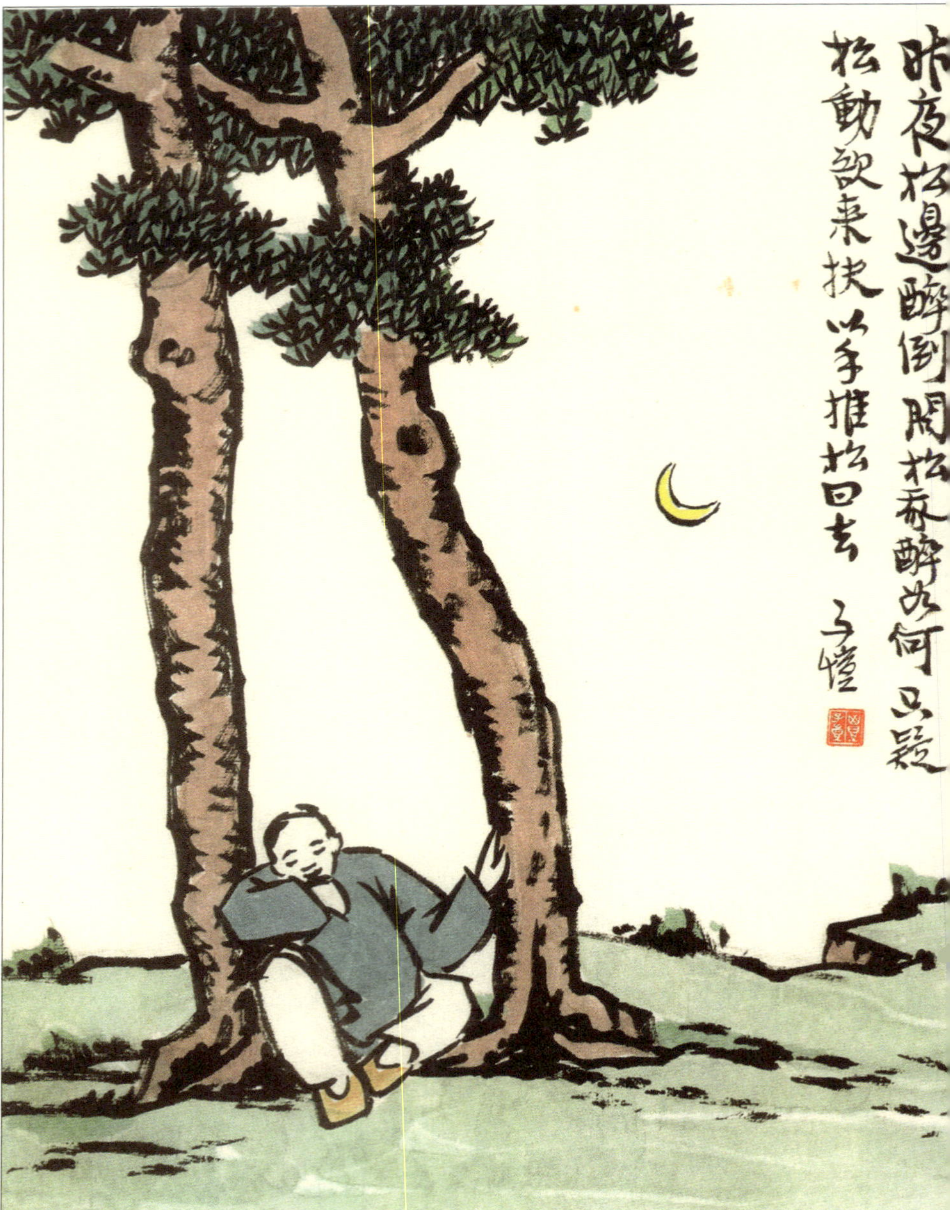
昨夜松邊醉倒問松我醉如何只疑松動欲來扶以手推松曰去
子愷

昨夜松边醉倒　问松我醉为何

月上柳梢头

欲上青天揽明月

冠盖满京华　斯人独憔悴

归来报明主　恢复旧神州

渔阳老将谈新战　几度搴裳指弹痕

无言独上西楼　月如钩

小楼西角断虹明

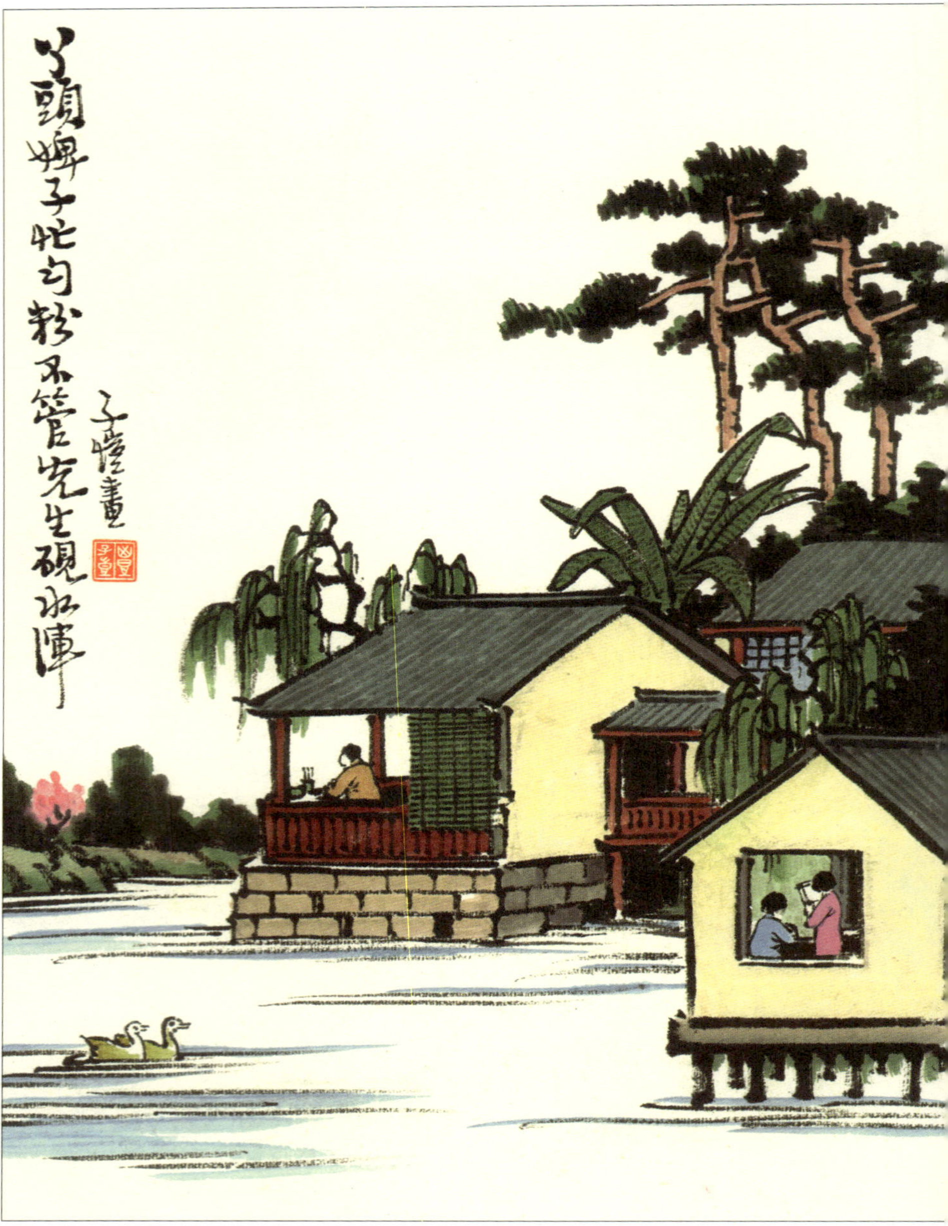
丫頭婢子忙匀粉不管先生硯水渾
子愷畫

丫头婢子忙匀粉　不管先生砚水浑

绿酒一卮红上面

柳暗花明春事深

乌衣巷口夕阳斜

旧时王谢堂前燕

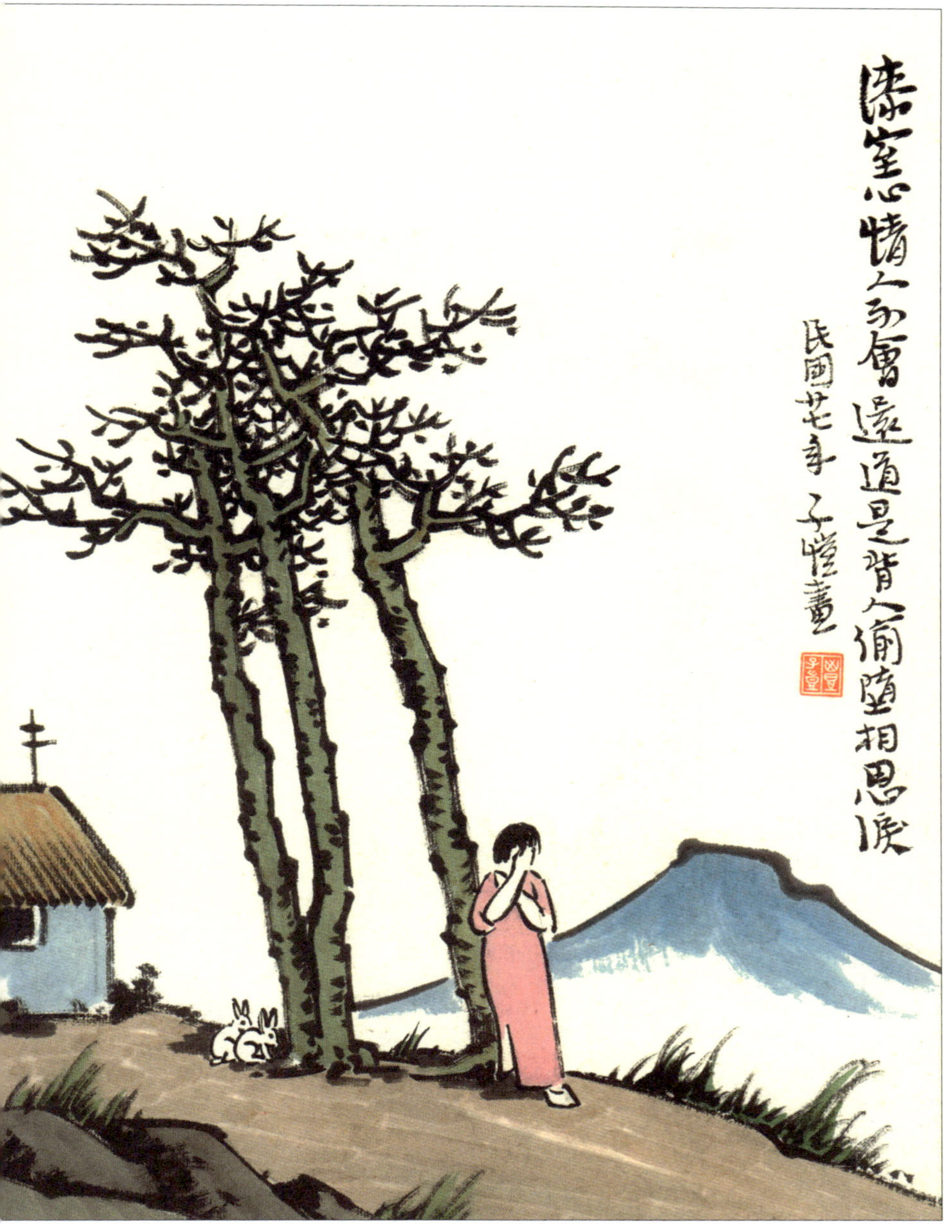
漆室心情人不會還道是背人偷墮相思淚
民國廿七年 子愷畫

漆室心情人不会

且推窗看中庭月　影过东墙第几砖

绿杨芳草

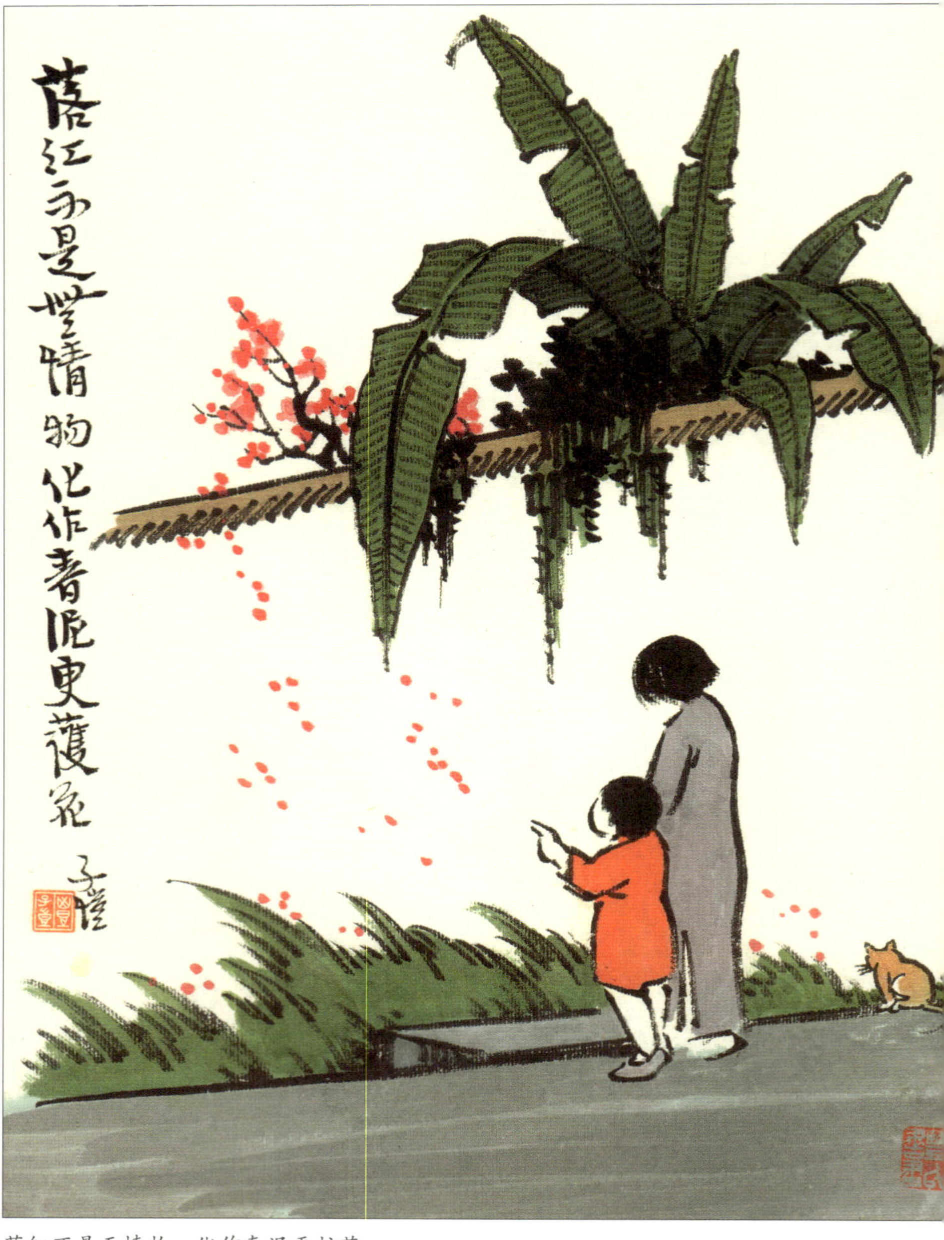
落红不是无情物 化作春泥更護花
子愷

落红不是无情物　化作春泥更护花

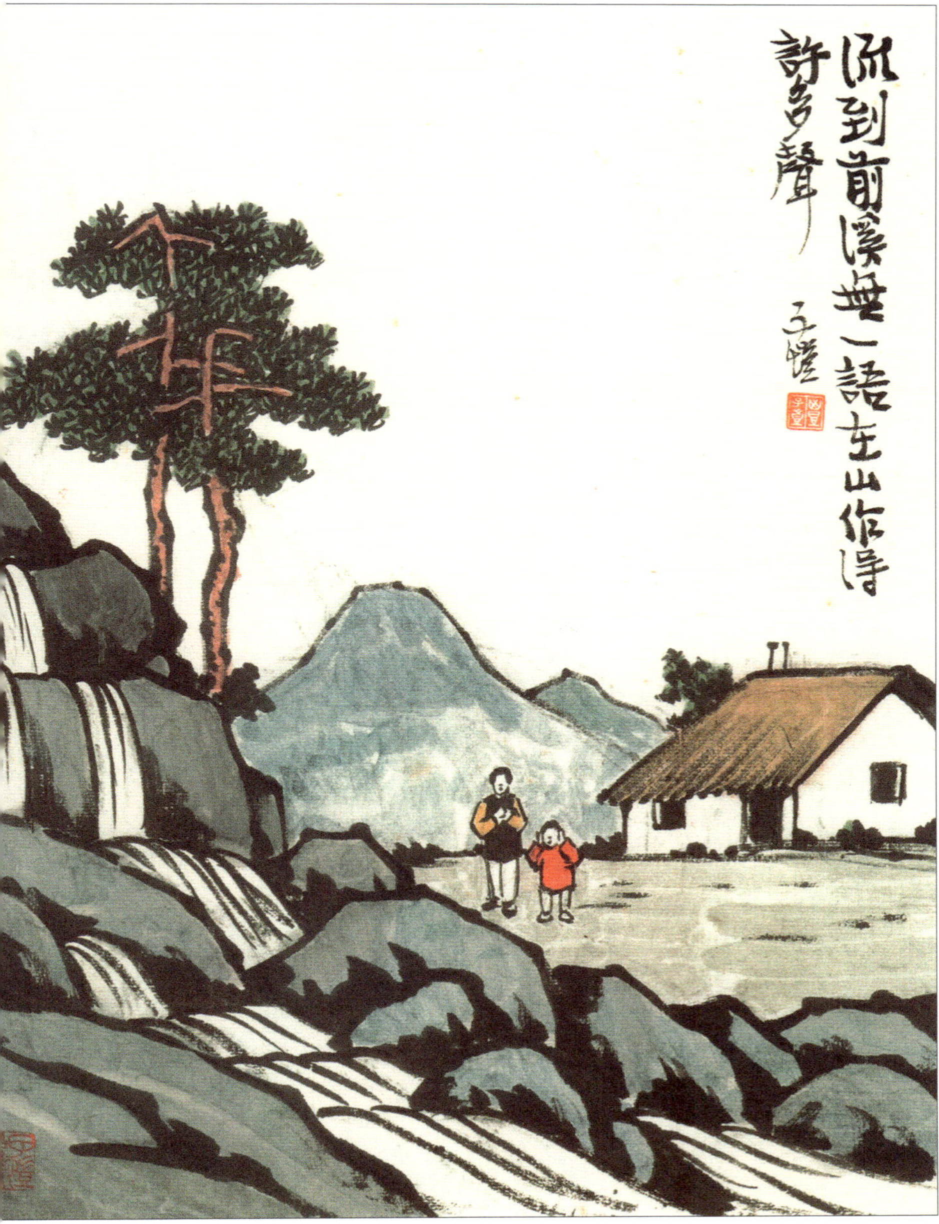
流到前溪無一語 在山作得許多聲
子愷

流到前溪无一语　在山作得许多声

江春不肯留行客　草色青青送马蹄

香车宝马湖山闹

青山个个伸头看　看我庵中吃苦茶

吟诗推客去

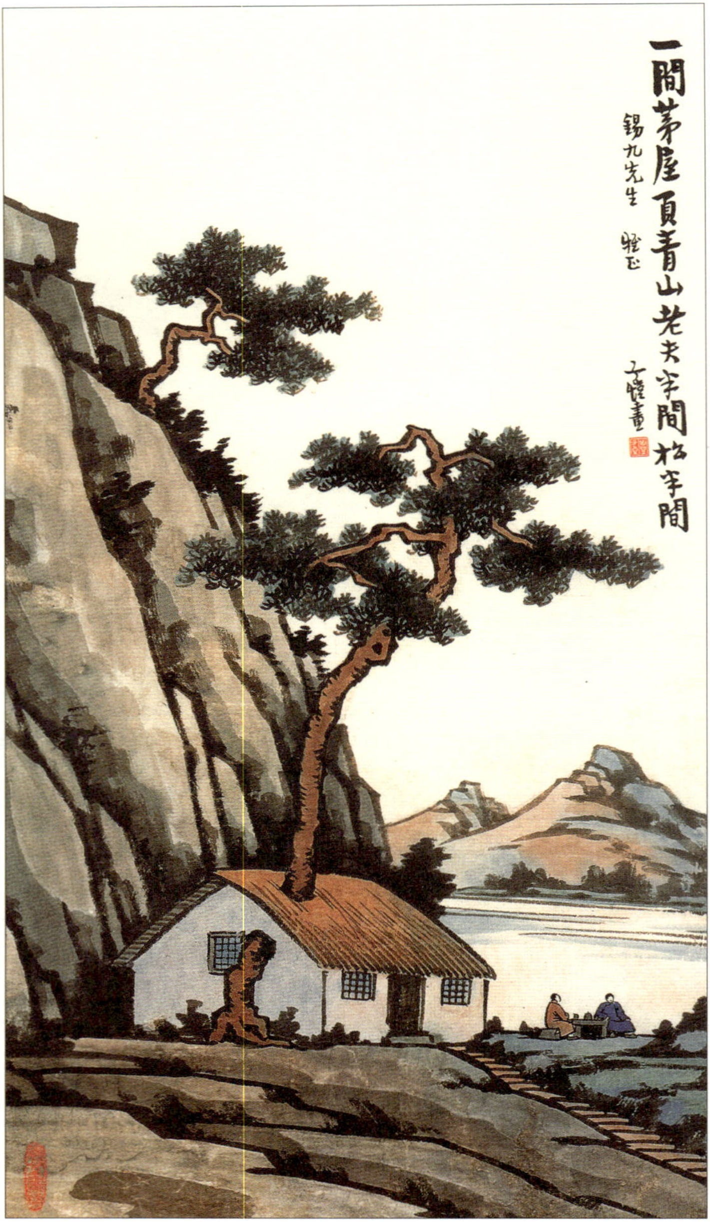
一間茅屋負青山老夫半間松半間
錫九先生 雅正
子愷畫

一间茅屋负青山　老夫半间松半间

秋饮黄花酒

樱桃豌豆分儿女　草草春风又一年

红烛青樽庆岁丰

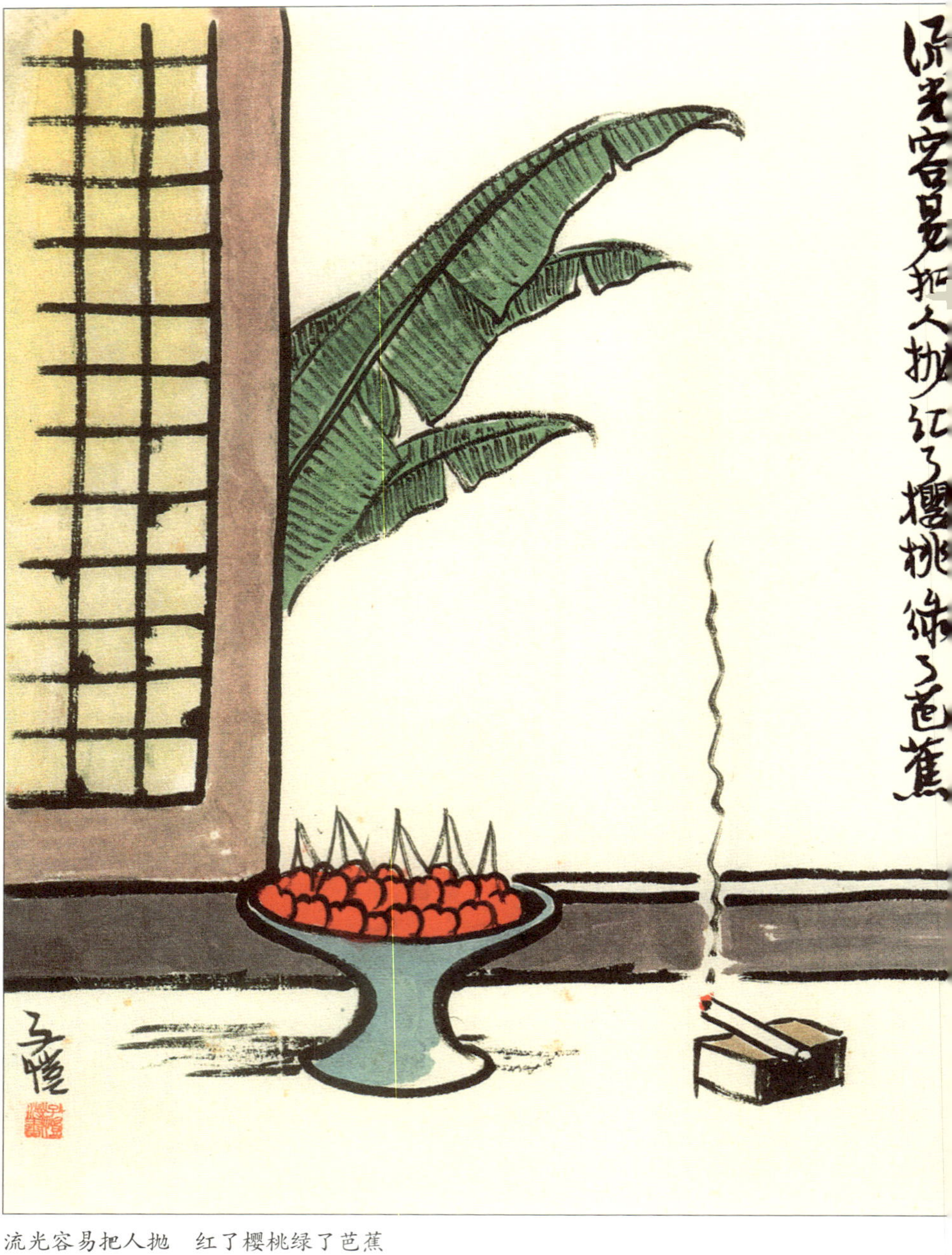
流光容易把人抛红了樱桃绿了芭蕉
子恺

流光容易把人抛　红了樱桃绿了芭蕉

开门白水　侧近桥梁

看花携酒去　酒醉插花归

蜀江水碧蜀山青

仰之弥高

溪家老妇闲无事　落日呼归白鼻豚

昔年欢宴处　树高已三丈

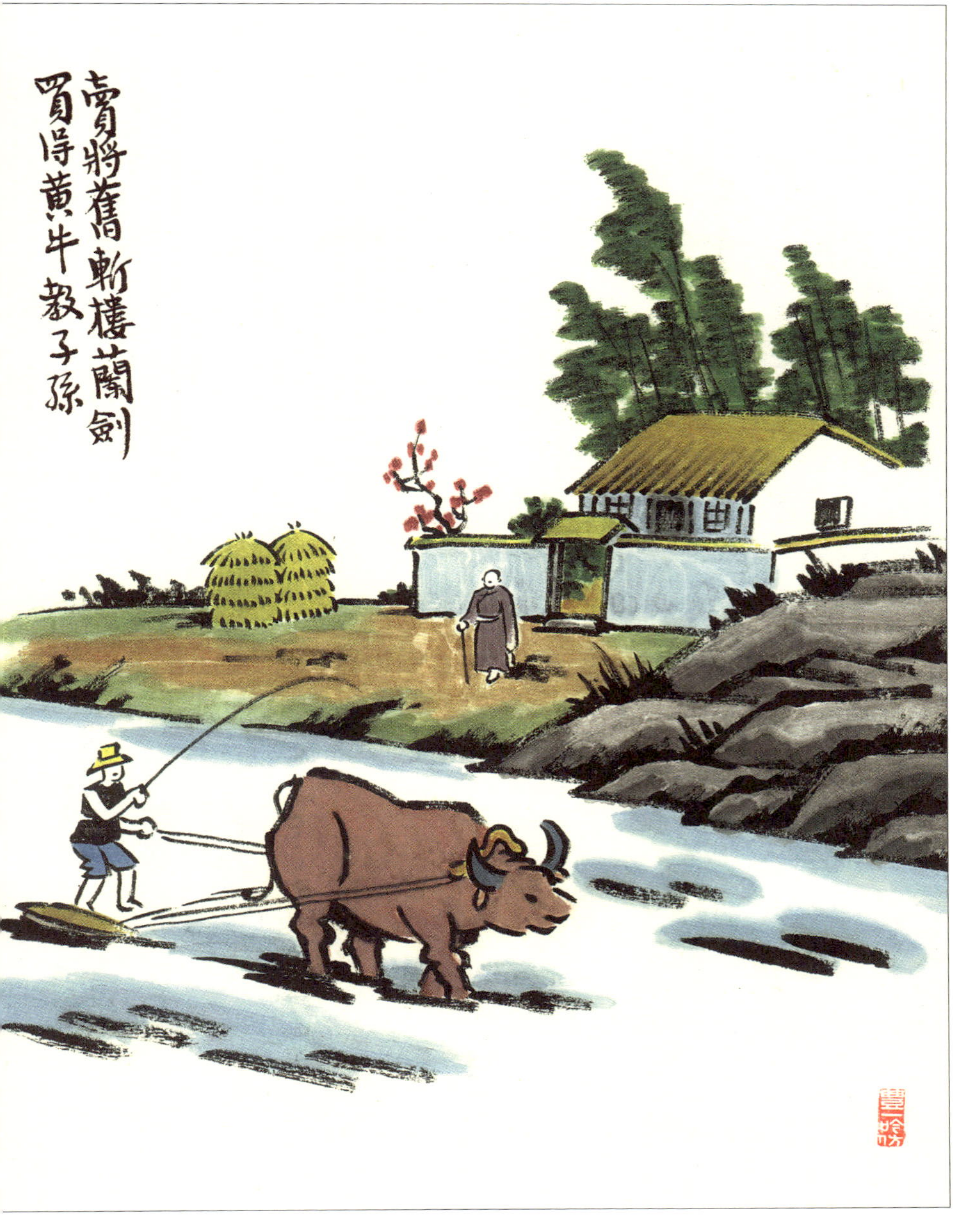
賣將舊斬樓蘭劍
買得黃牛教子孫

卖将旧斩楼兰剑　买得黄牛教子孙

满眼儿孙身外事　闲梳白发对斜阳

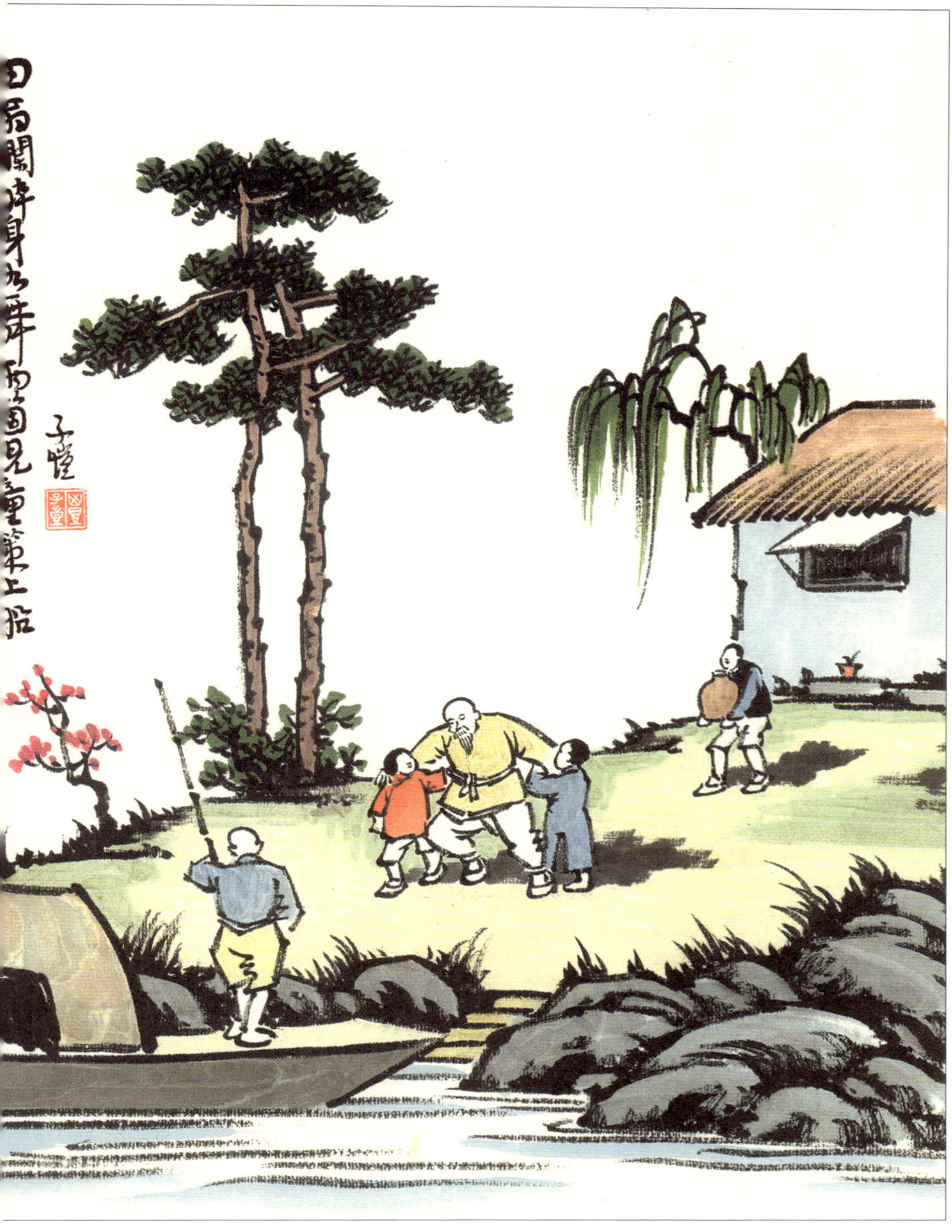
田翁爛醉身如舞兩個兒童策上船
子愷

田翁烂醉身如舞　两个儿童策上船

满山红叶女郎樵

唯有君家老松树　春风来似未曾来

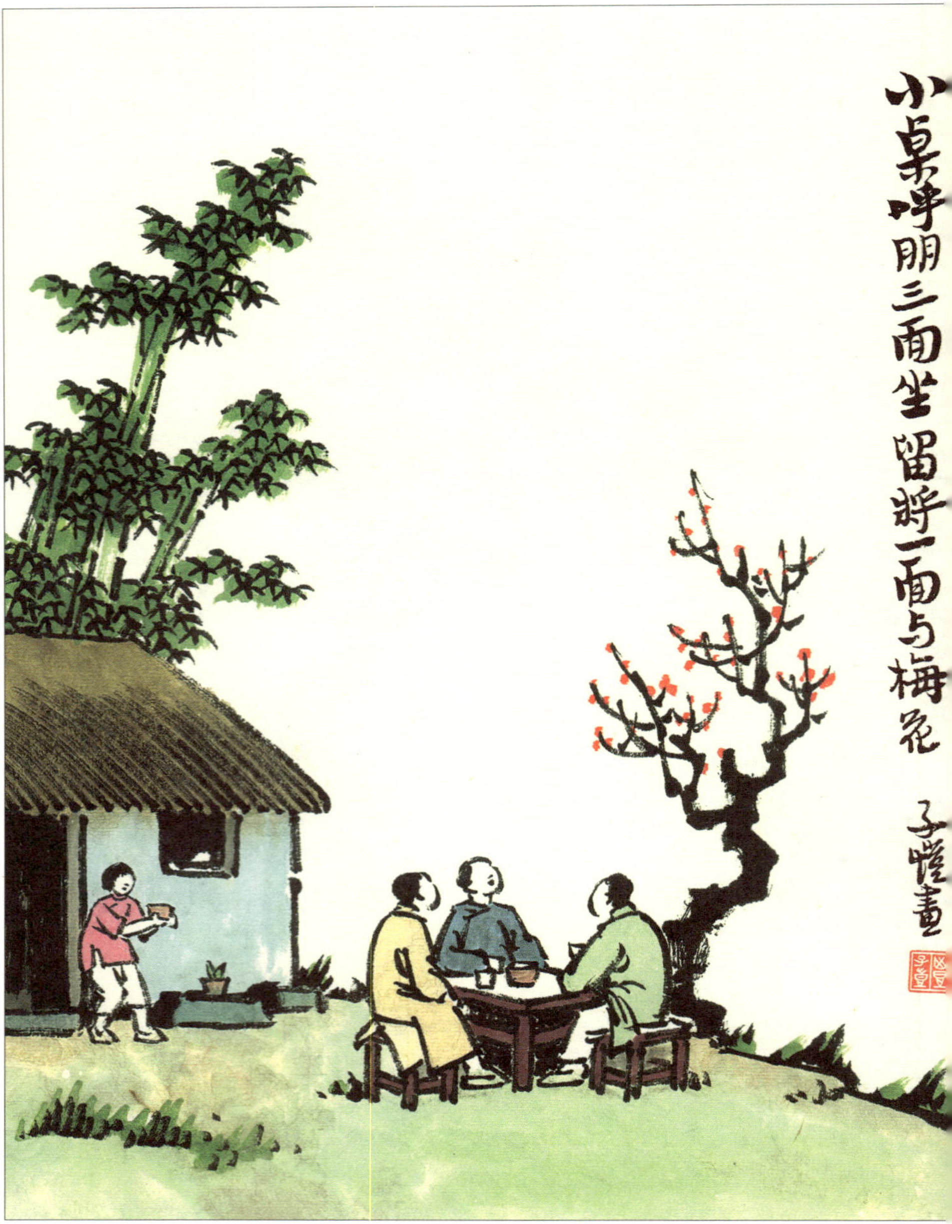
小桌呼朋三面坐留将一面与梅花
子愷畫

小桌呼朋三面坐　留将一面与梅花

六朝旧时明月

柳暗花明又一邨

主人醉倒不相劝　客反持杯劝主人

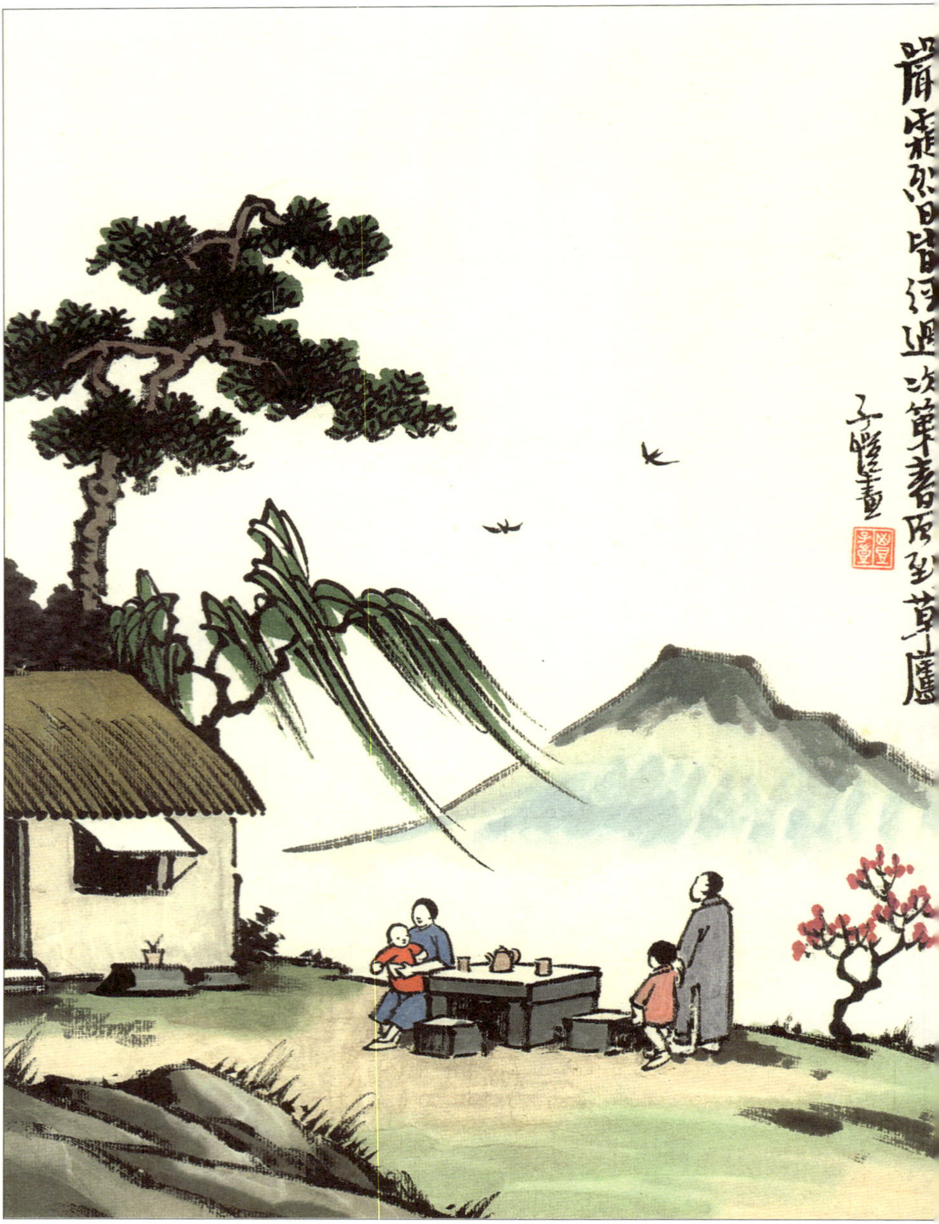
嚴霜烈日皆經過次第春風到草廬
子愷畫

严霜烈日皆经过　次第春风到草庐

一叶落知天下秋

煨芋如拳劝客尝

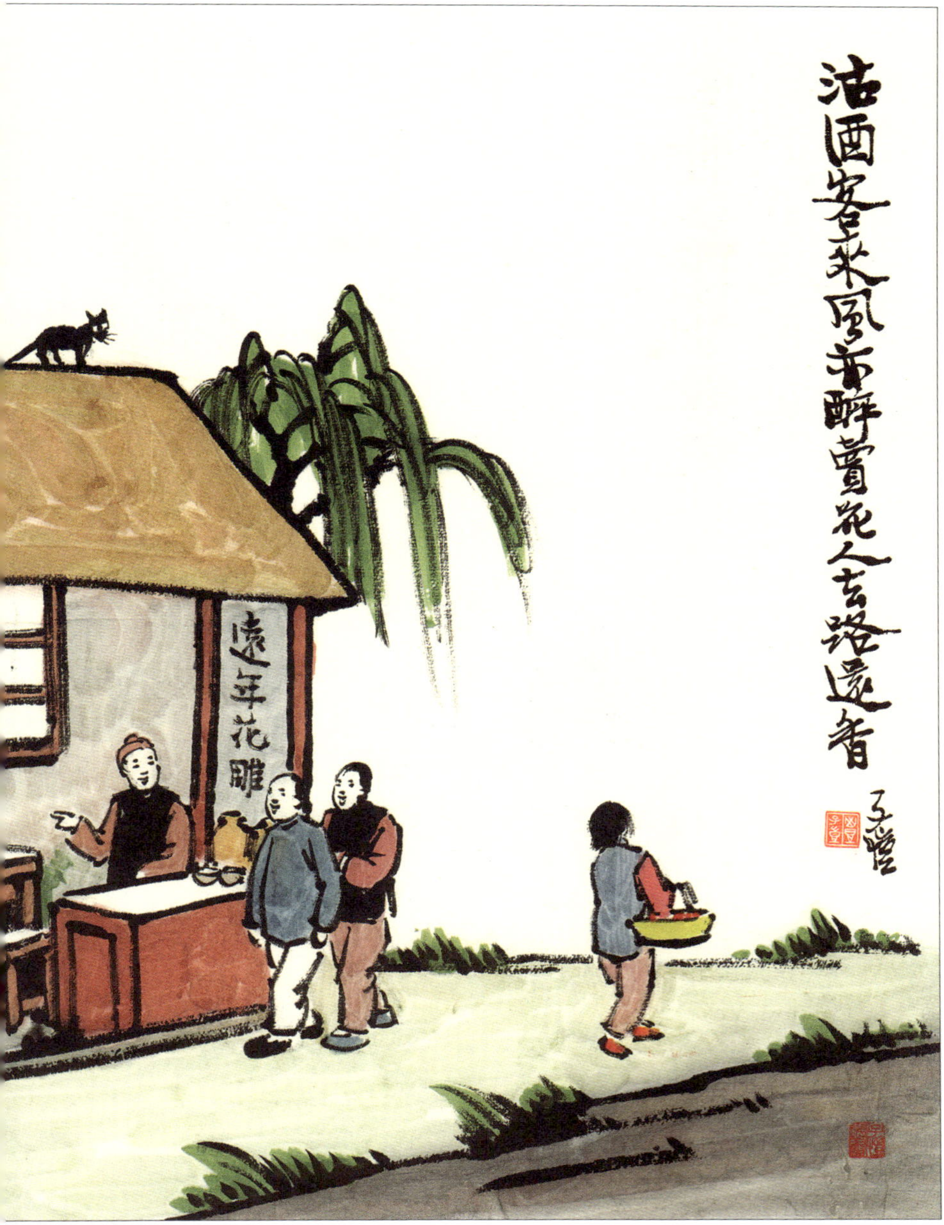
沽酒客来风亦醉 賣花人去路還香
子愷
远年花雕

沽酒客来风亦醉　卖花人去路还香

麦野桑村有酒徒　过门相觅醉相扶

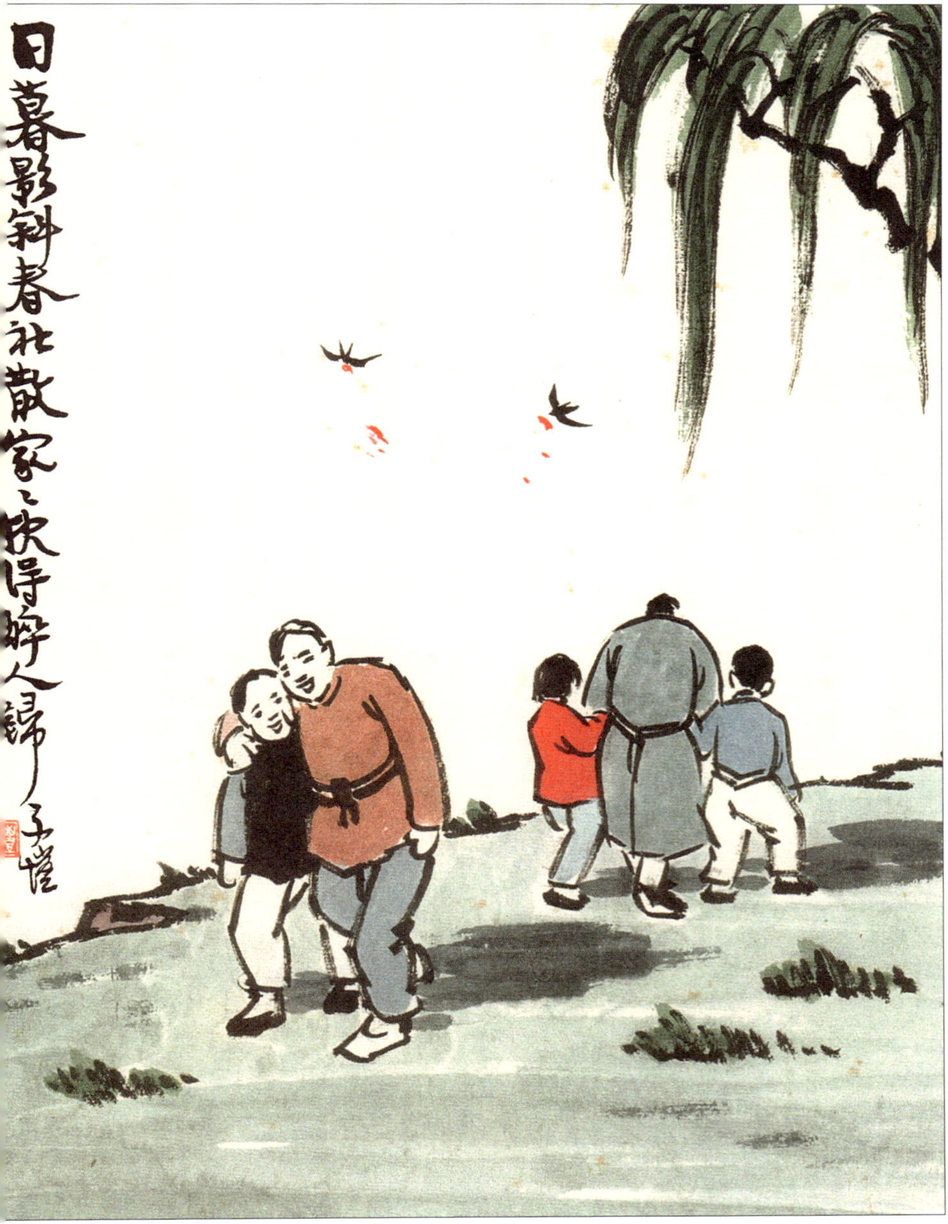
日暮影斜春社散家家扶得醉人归
子恺

日暮影斜春社散　家家扶得醉人归

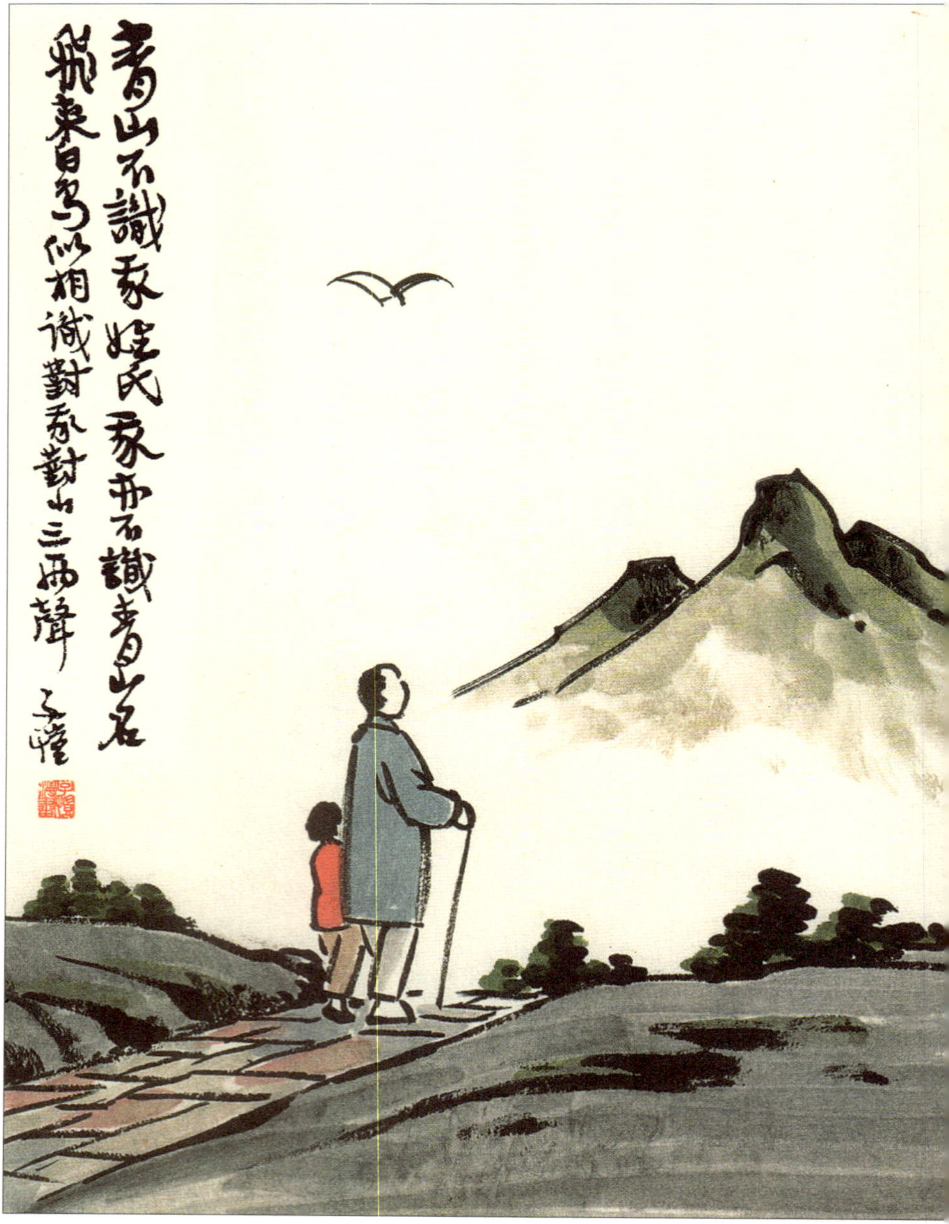
青山不識我姓氏我亦不識青山名
飛來白鳥似相識對我對山三兩聲
子愷

青山不识我姓氏　我亦不识青山名

只是青云浮水上　教人错认作山看

未须愁日暮　天际是轻阴

朱颜今日虽欺我　白发他时不让君

新枚藏
壬寅中秋
閒院桃花取次開 昨日踏青小約
未應乖 囑付東鄰女伴 少待莫相催
著得鳳頭鞋子即當來
子愷畫

闲院桃花取次开

底事春风欠公道　儿家门巷落花多

儿童饱饭黄昏后　短笛横吹唤不归

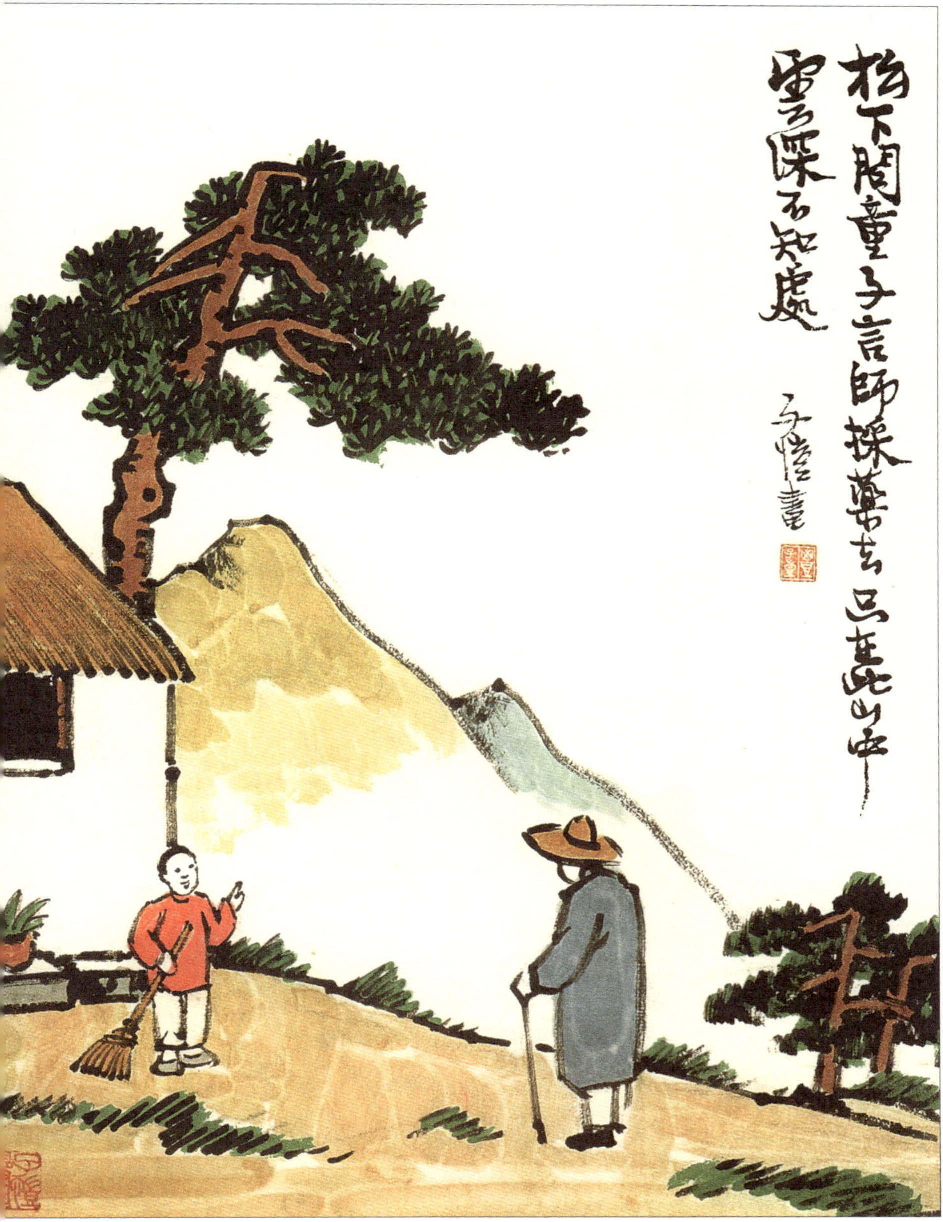
松下問童子言師採藥去只在此山中
雲深不知處
子愷畫

松下问童子　言师采药去　只在此山中　云深不知处

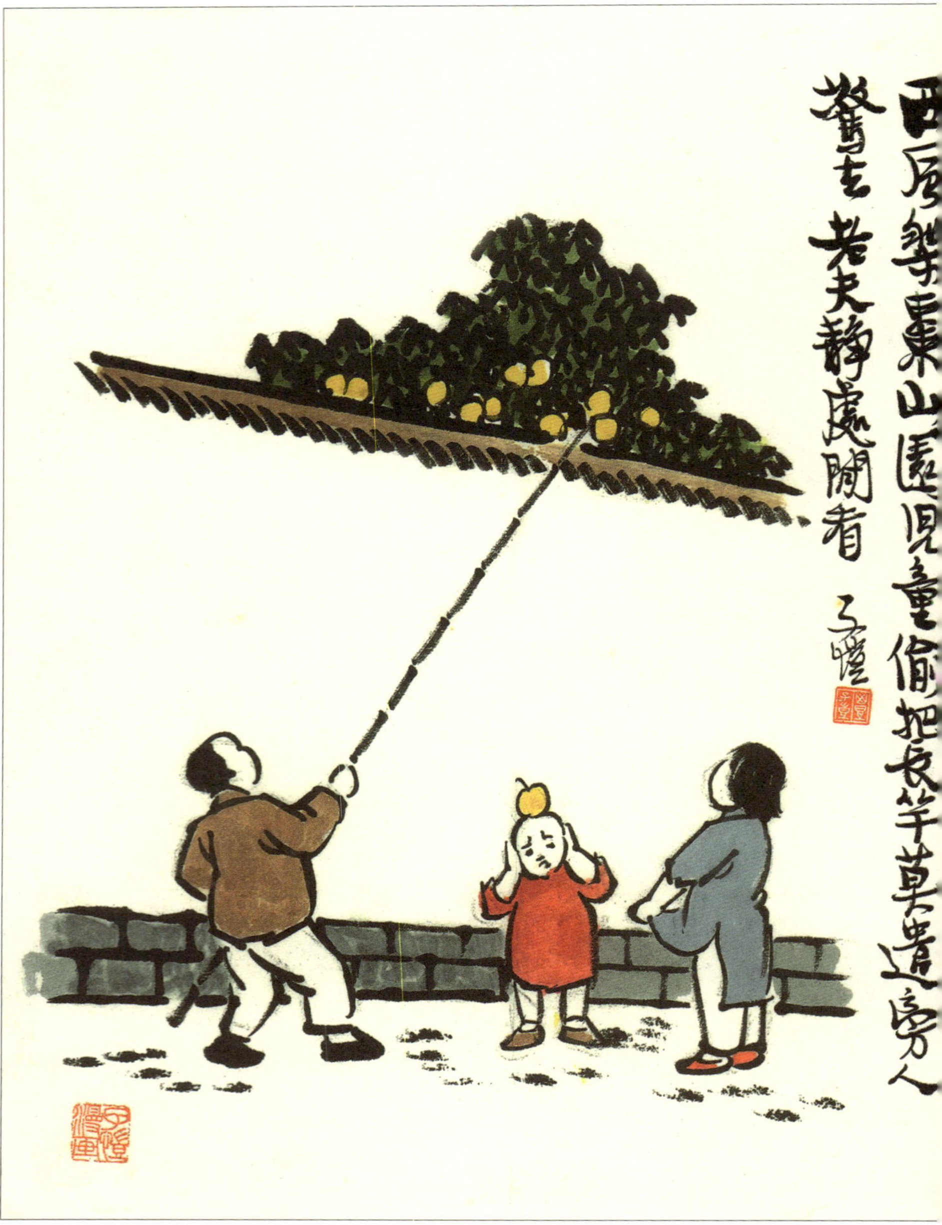
西風梨棗山園兒童偷把長竿莫遣旁人
驚去 老夫靜處閑看
子愷

西风梨枣山园　儿童偷把长竿

相逢畏相失　并着采莲舟

贫贱江头自浣纱

竹几一灯人做梦

停船暂借问　或恐是同乡

散抛残食饲神鸦

落日放船好

既耕亦已种　时还读我书

枯藤老树昏鸦　小桥流水人家

酒能祛百虑　菊为制颓龄

今朝卖谷得青钱　自出街头买彘肩

嘹亮一声山月高

帘卷西风　人比黄花瘦

落日解鞍芳草岸

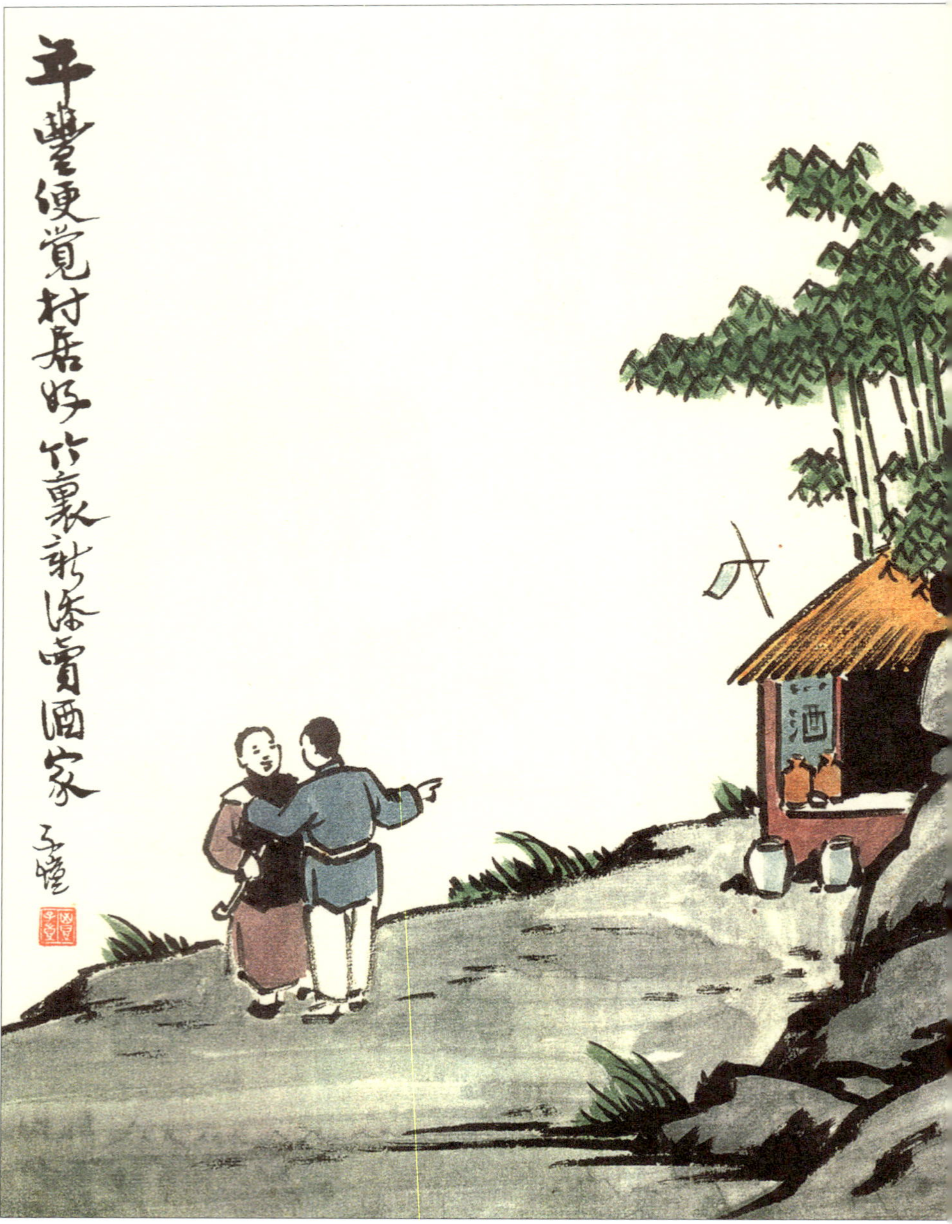
年豐便覺村居好 竹裏新添賣酒家
子愷
酒

年丰便觉村居好　竹里新添卖酒家

劝君更尽一杯酒

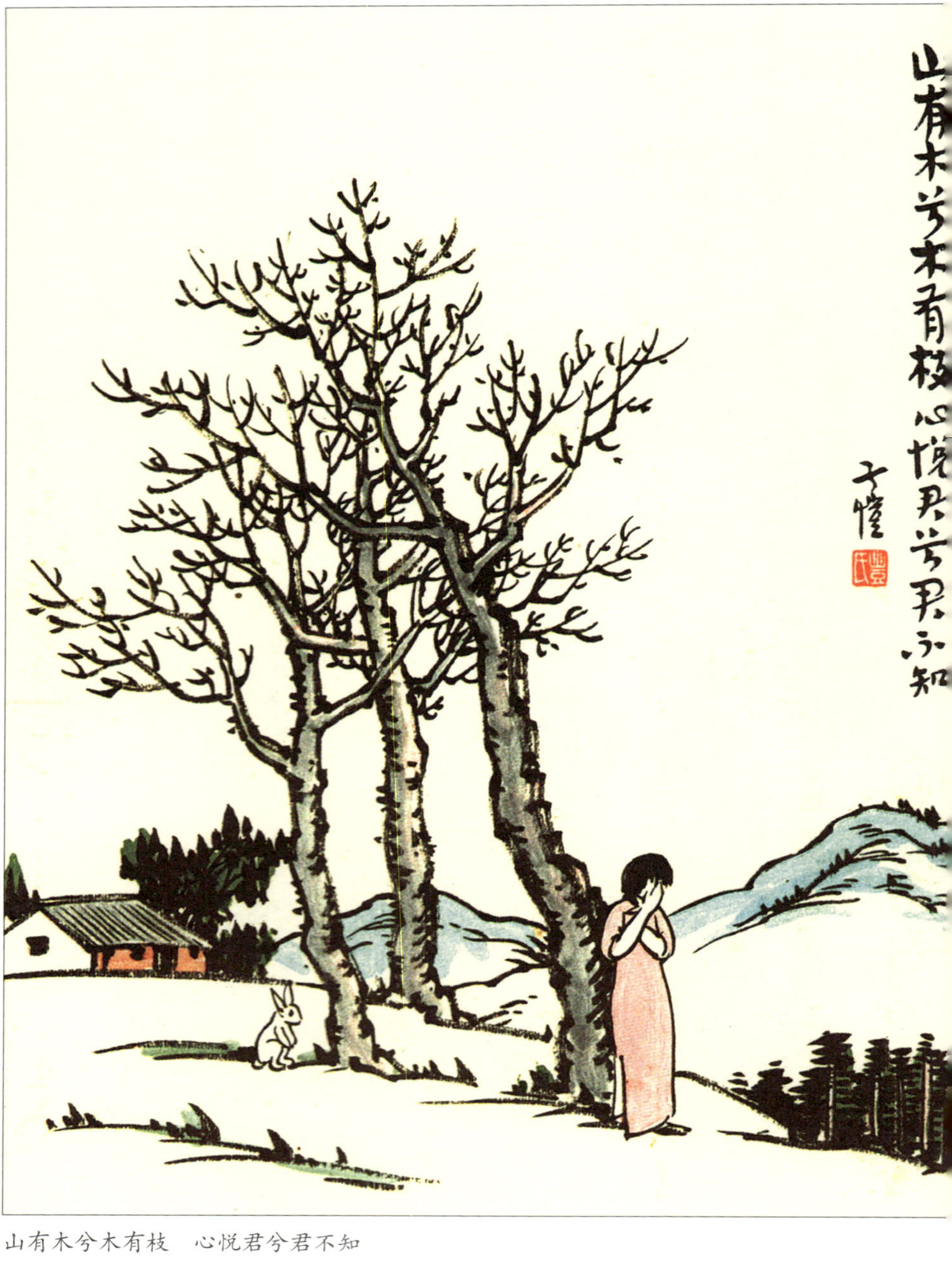
山有木兮木有枝 心悦君兮君不知
子愷

山有木兮木有枝　心悦君兮君不知

晚来天欲雪　能饮一杯无

长条乱拂春波动　不许佳人照影看

我醉欲眠君且去

置酒庆岁丰　醉倒妪与翁

一般离思两销魂　楼上黄昏　马上黄昏

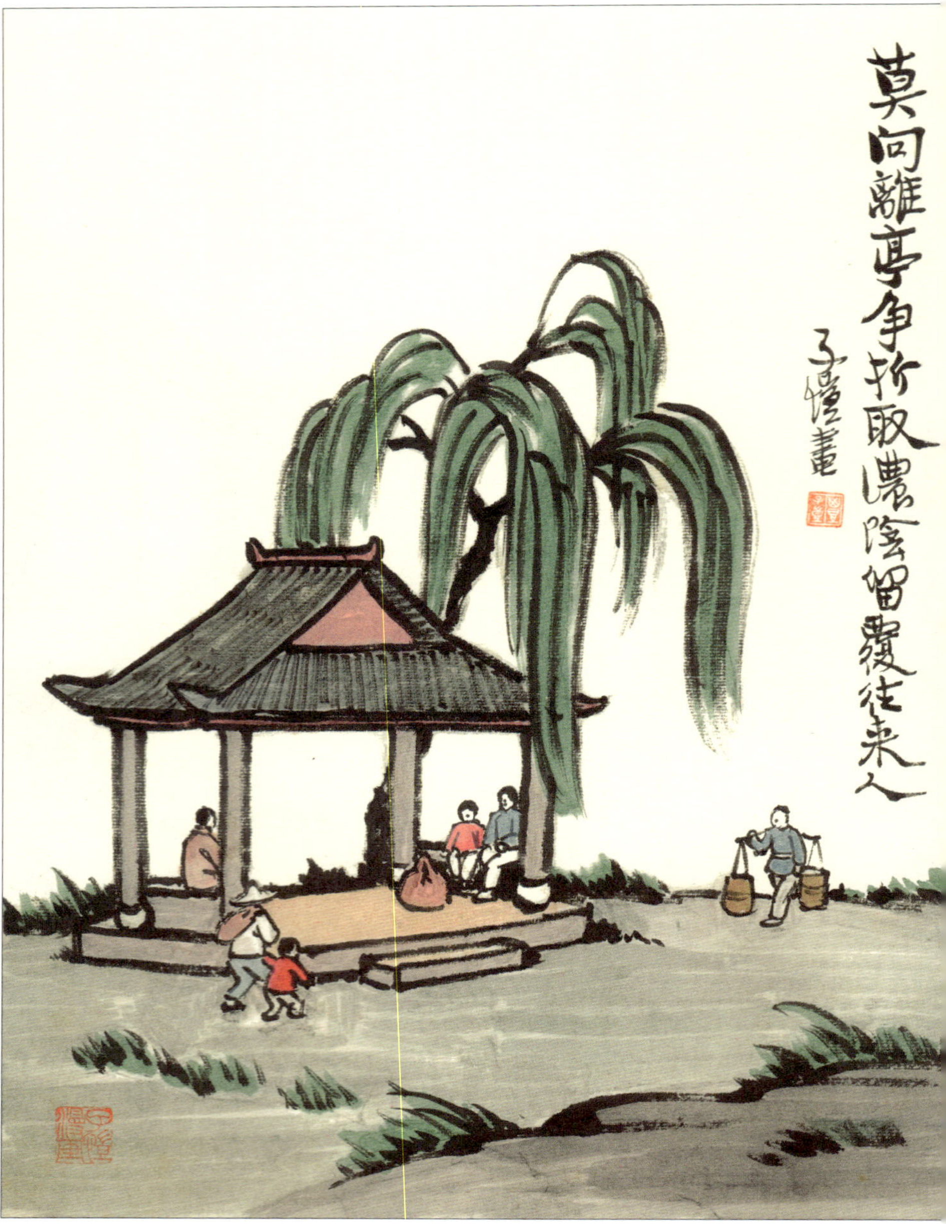
莫向離亭爭折取濃陰留覆往來人
子愷畫

莫向离亭争折取　浓阴留覆往来人

一枝红杏出墙来

织女明星来枕上　了知身不在人间

湖山此地曾埋玉

都市相

子愷

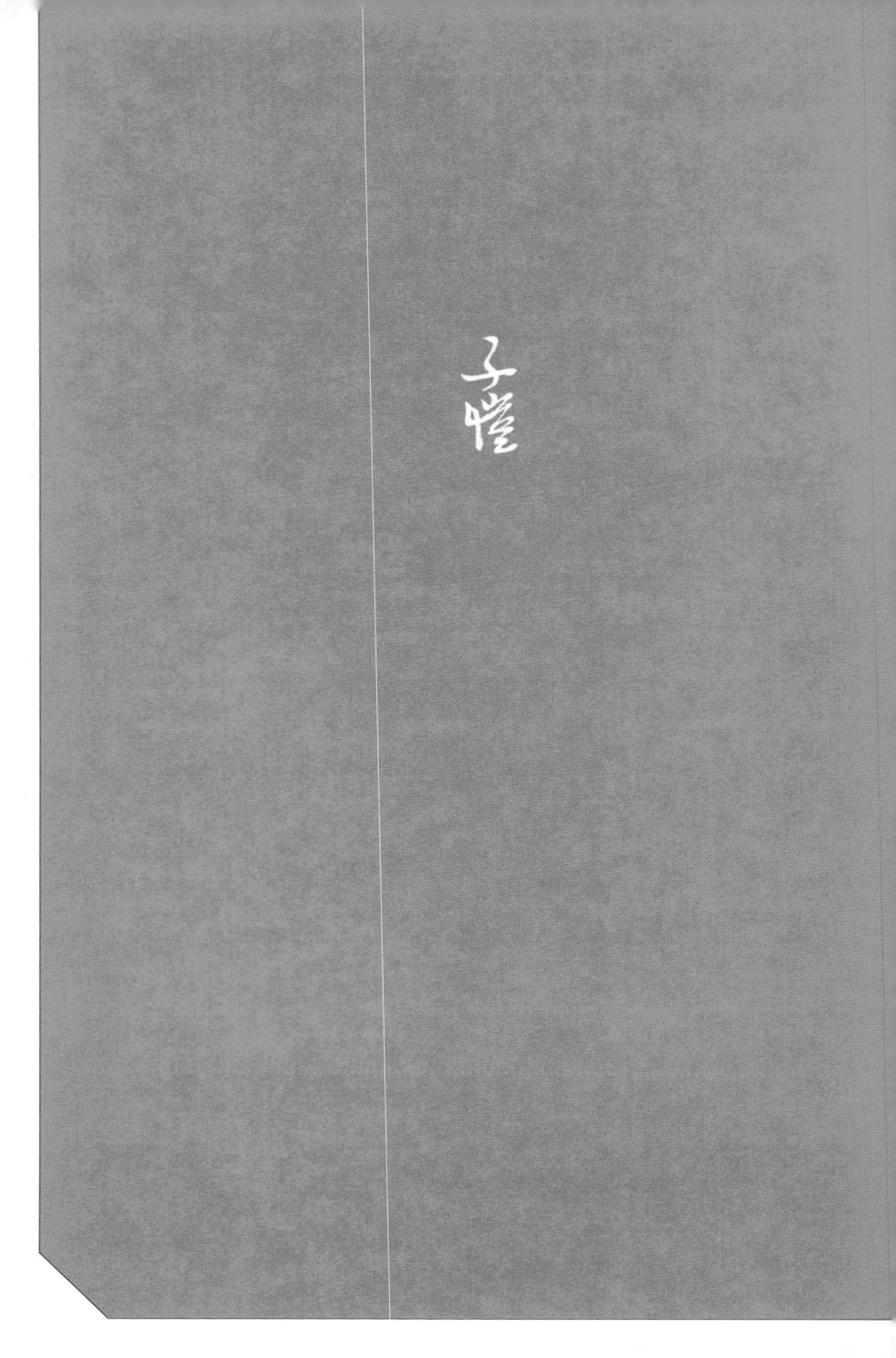

人散后　一钩新月天如水

衍園課子圖
國權同志雅屬
己丑歲首
石門豐子愷畫
衍園

衍园课子图

饭店速写

饭店速写

畅适

高谈

都市奇观

此亦人子也

孤儿与娇儿

高柜台

某父子

买粽子

母亲又要生小弟弟了

蔷薇之刺

窥见室家之好

劳动节特刊的读者

锣鼓响

苏州所见

假三层楼

湖上酒家

惊呼

手倦抛书午梦长

重庆凯旋路

梁上燕　轻罗扇　好风又落桃花片

中秋之夜

最后的吻

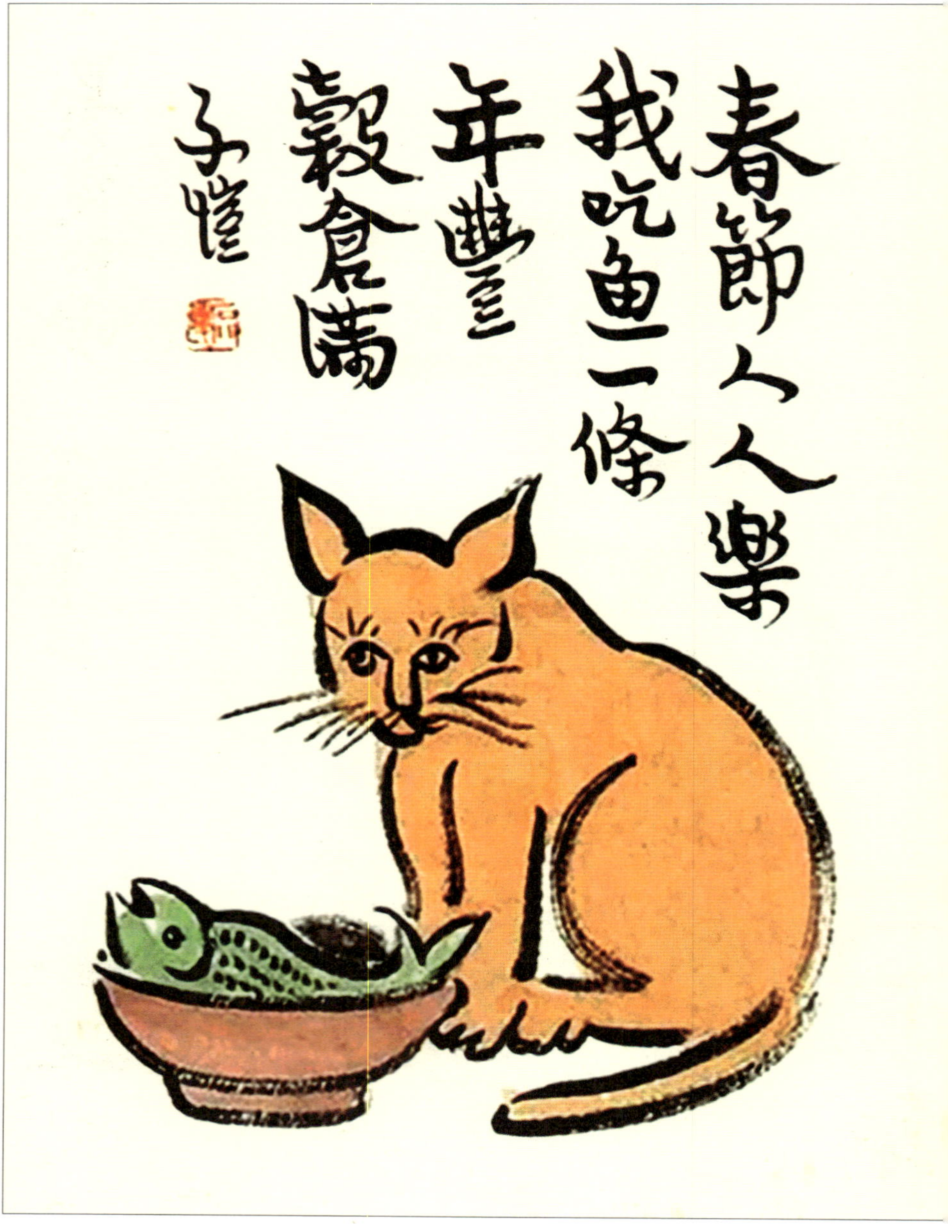
春節人人樂
我吃魚一條
年豐
穀倉滿
子愷

春节人人乐　我吃鱼一条

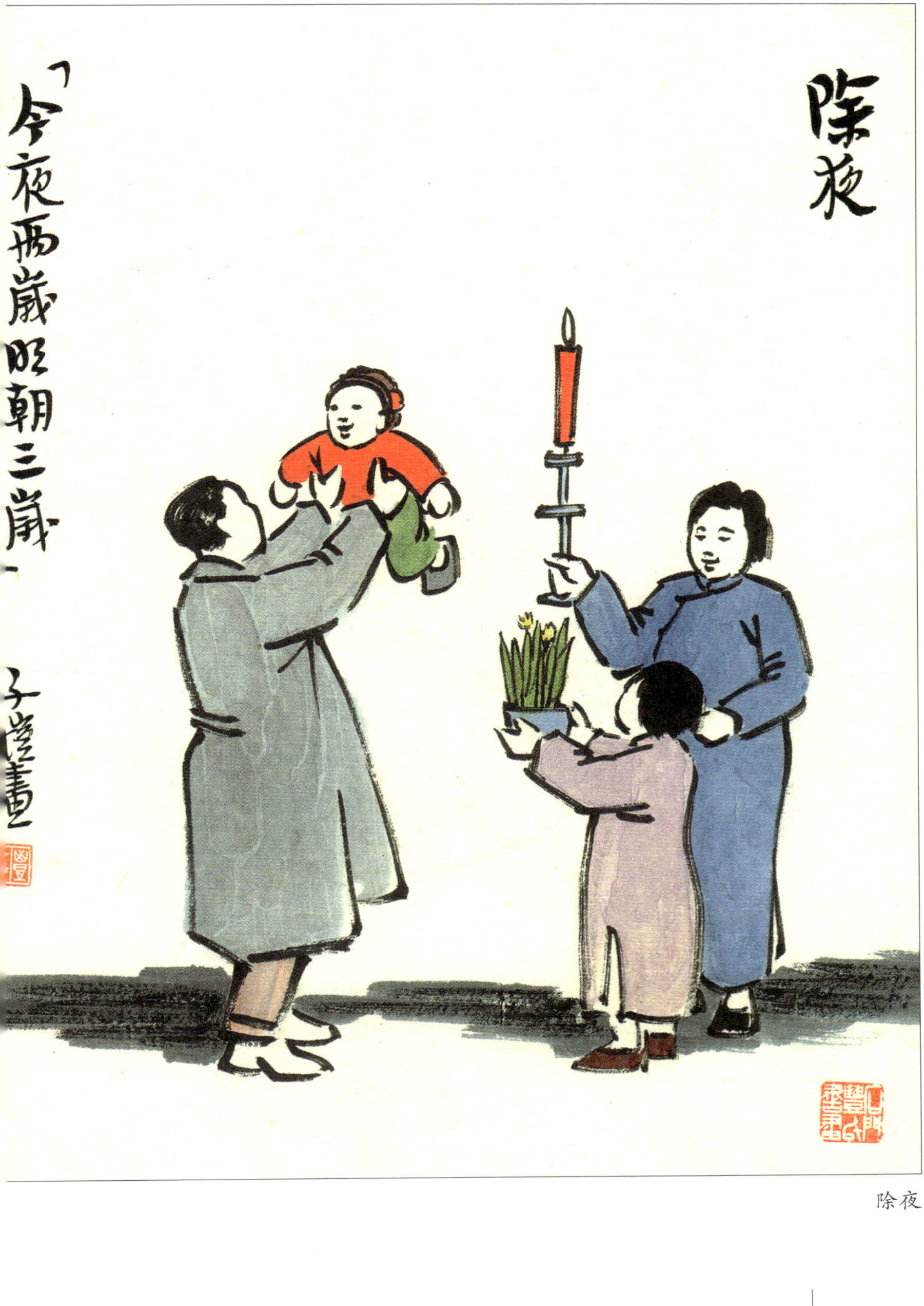
除夜
「今夜两歲明朝三歲」
子愷畫

除夜

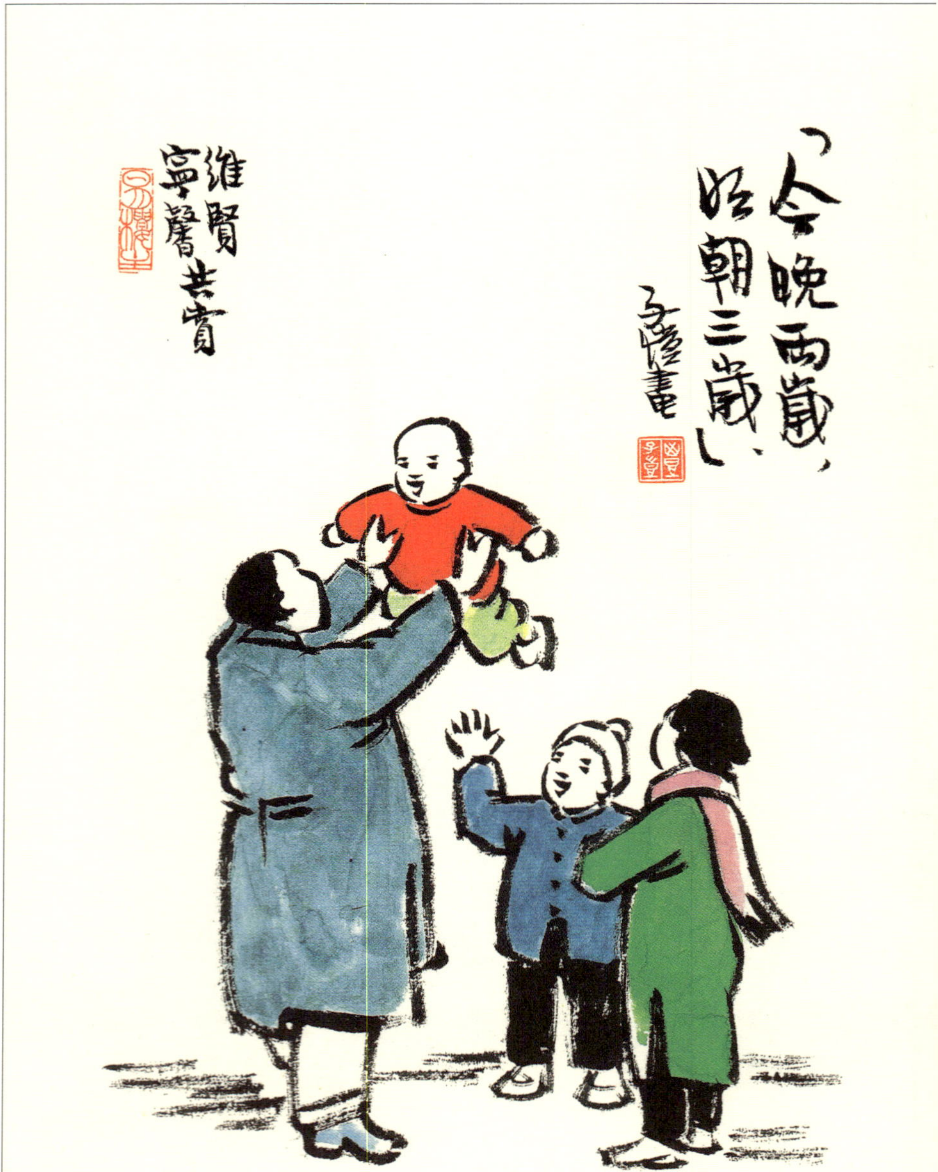
「今晚兩歲、明朝三歲」
子愷畫
維賢寧馨共賞

“今晚两岁，明朝三岁。”

都会之春

同情

冬日街头

爱的收支相抵

提携

瑞雪映晴空　儿童塑雪翁

国庆十周年之夜

病车

春在卖花声里

待修的钟

好花时节不闲身

听诊

某种教育

山茶欣赏

向后转

某夫妇

花好月圆人寿

饮水思源

十里明湖一叶舟

晨出

送别

桂花

糖糕

过洋桥

冬夜工毕

“火热馒头！”

脚夫

民间相

子愷

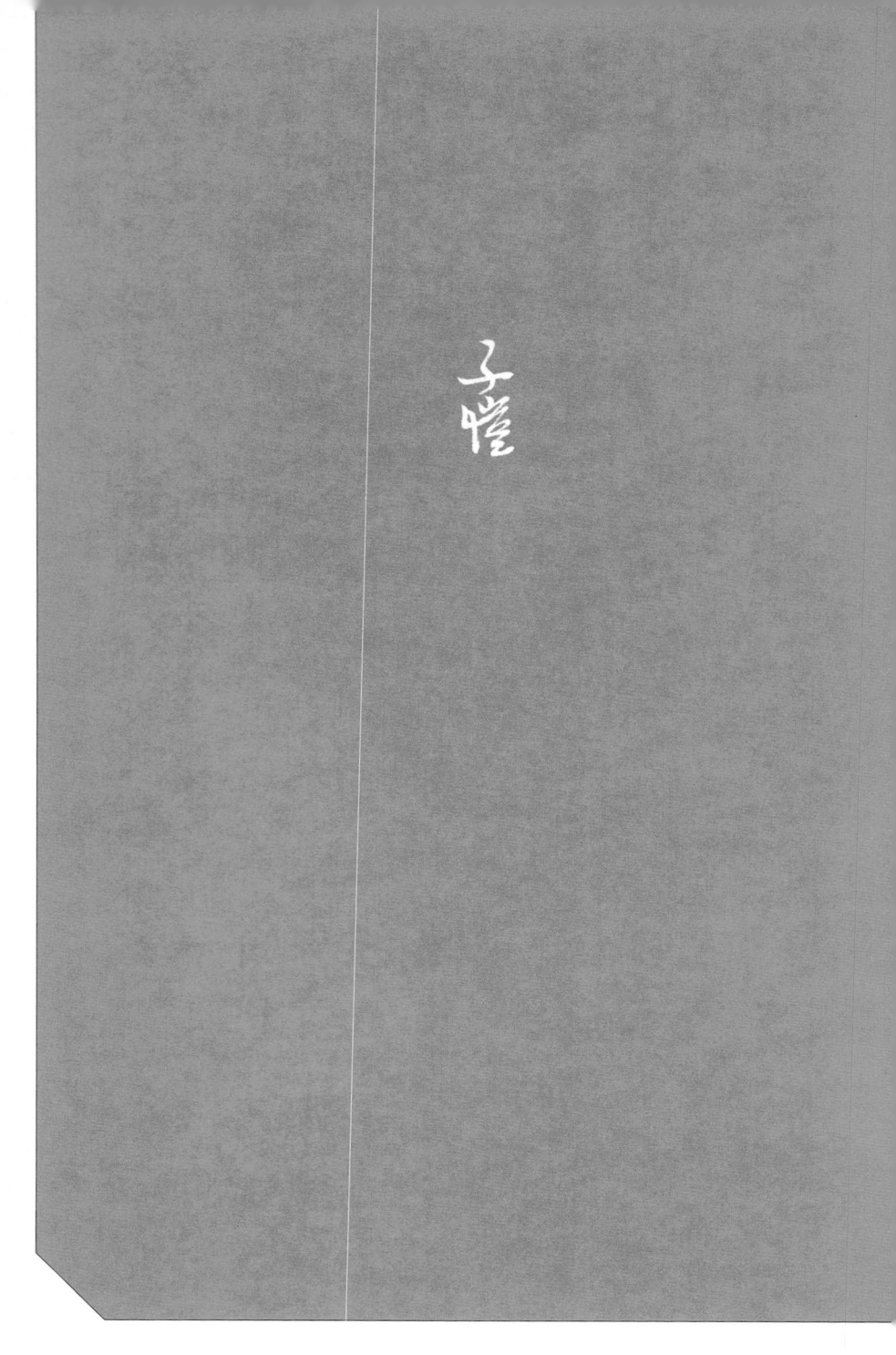

KISS

把酒话桑麻

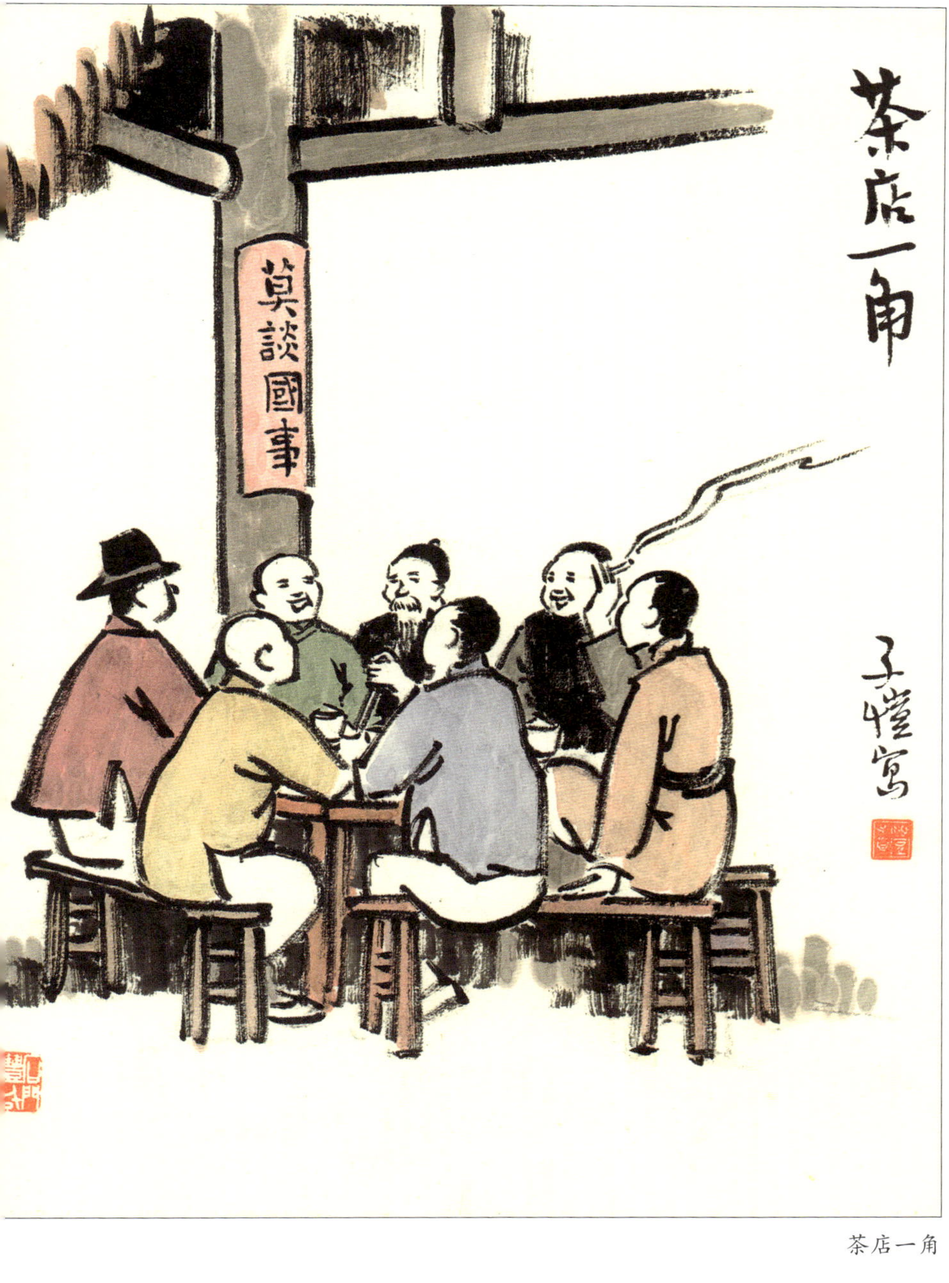
茶店一角
莫談國事
子愷寫

茶店一角

还有五里路

任重道远

倦旅

可叹无知己　高阳一酒徒

风云变幻

孤云

冬日可爱

冬

跌一交且坐坐

大道将成

瓜车翻覆　助我者少　啖瓜者多

从三文钱一碗吃到四百元一碗

华光楼前

黔道

散市

踏青挑菜

茅店

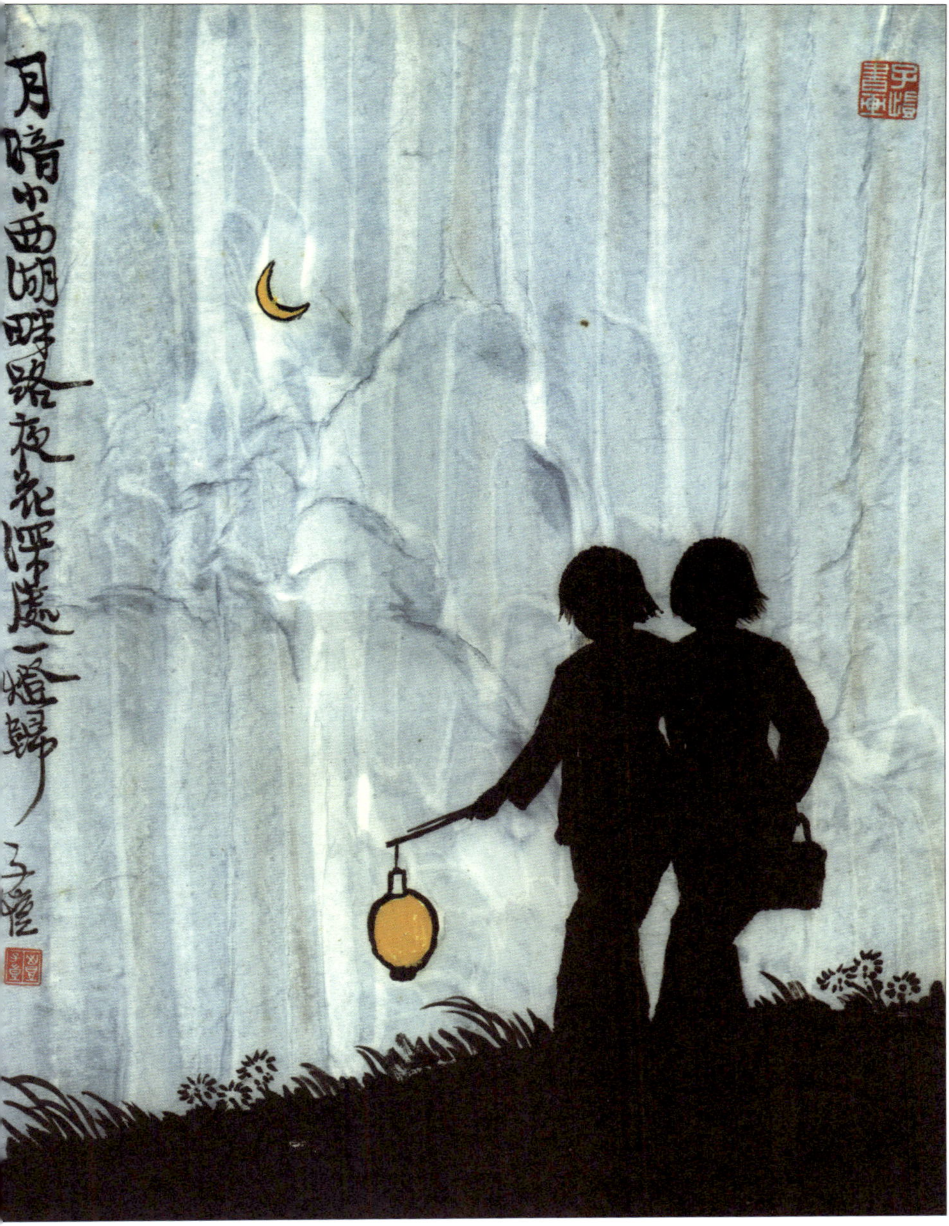
月暗小西湖畔路夜花深處一燈歸
子愷

月暗小西湖畔路　夜花深处一灯归

民间之春

前面好青山　舟人不肯住

希望

兴奋之群

馄饨担

寻常巷陌

无产者之群

渴者

酒家速写

张家长李家短

鬻儿

争食

阿大去借米　乞得提灯归

赚钱勿吃力　吃力勿赚钱

渐入佳境

依松而筑　生气满屋

立等

挖耳朵

杨柳青　粪如金

衣冠之威

广西小品

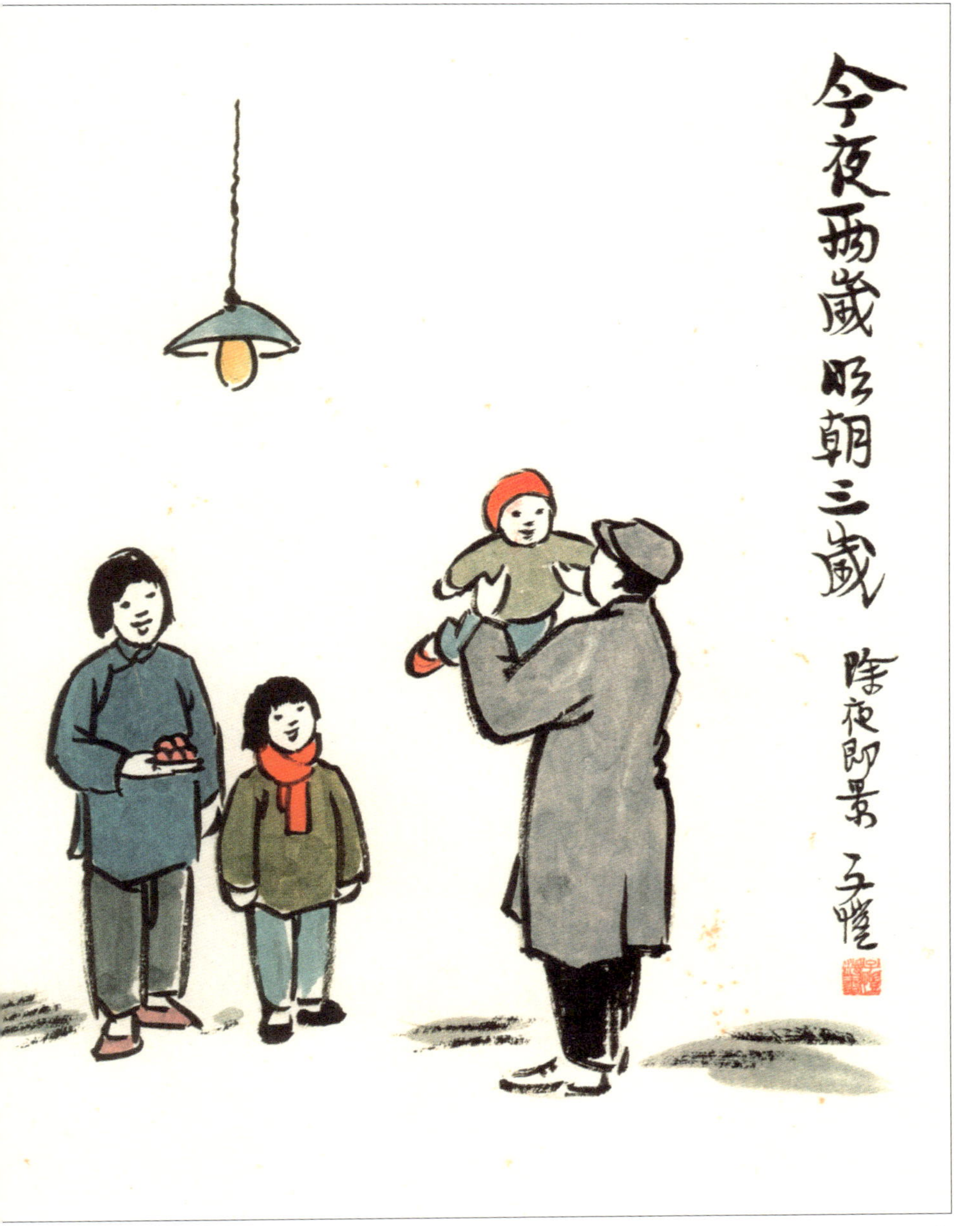
今夜兩歲 明朝三歲
除夜即景 子愷

今夜两岁　明朝三岁

长孙抱幼子

阿 Q 遗象

郎住東來妾住西
兩箇從小不相離
自從接了媒紅訂
朝朝相見把頭低
低頭莫碰豆花棚
碰落露水沾郎衣
子愷畫

郎住东来妾住西　两个从小不相离

日长耕作罢　闲步晚风前

云霓

迎春爆竹响千家　共祝新春百物华

卖浆

藕

卖席

待车

卖菊花

三板两支〔指三个铜板就可以买两支的劣质香烟〕

战时相

子愷

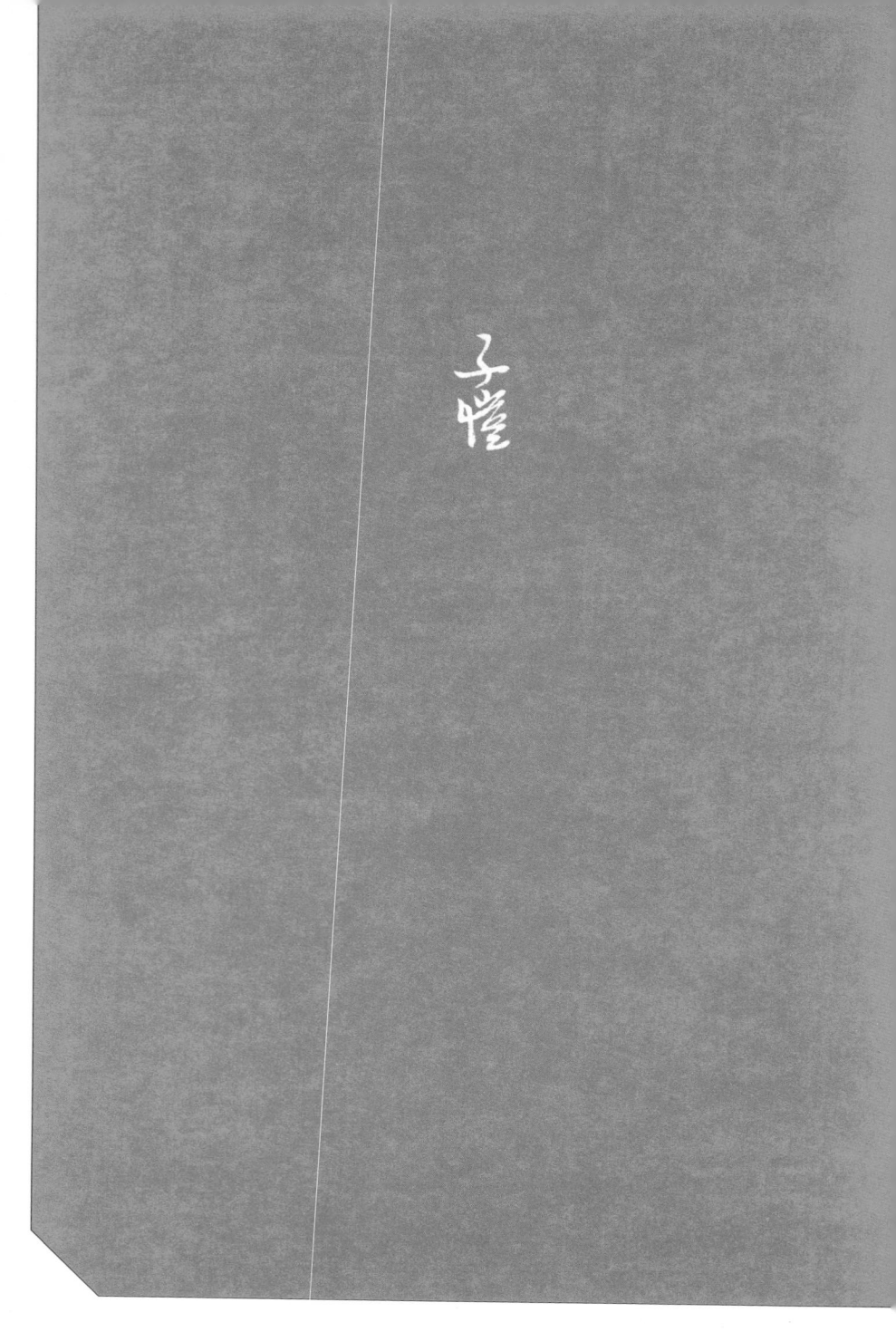

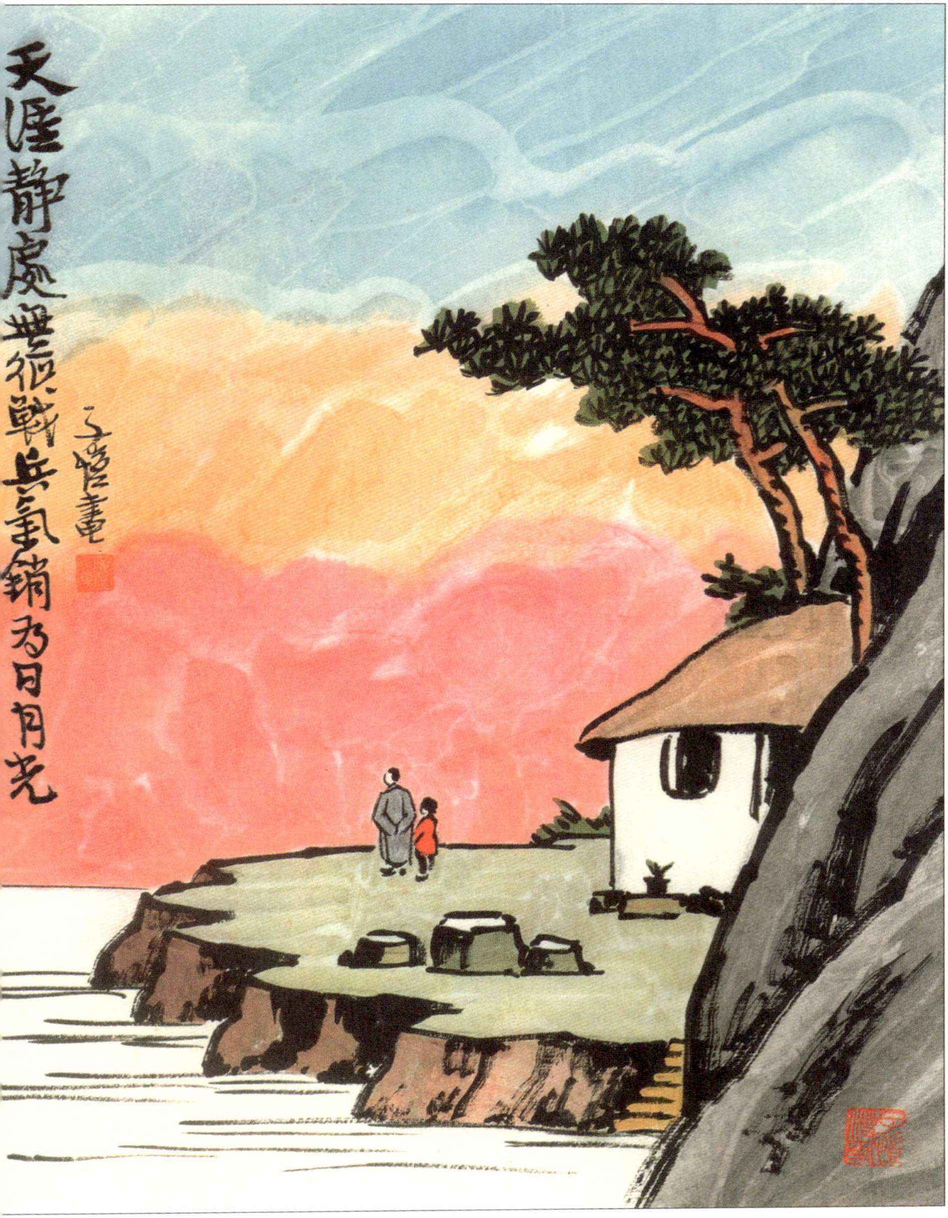
天涯静處無征戰兵氣销为日月光
子愷畫

天涯静处无征战　兵气销为日月光

战场之春

愿作安琪儿　空中收炸弹

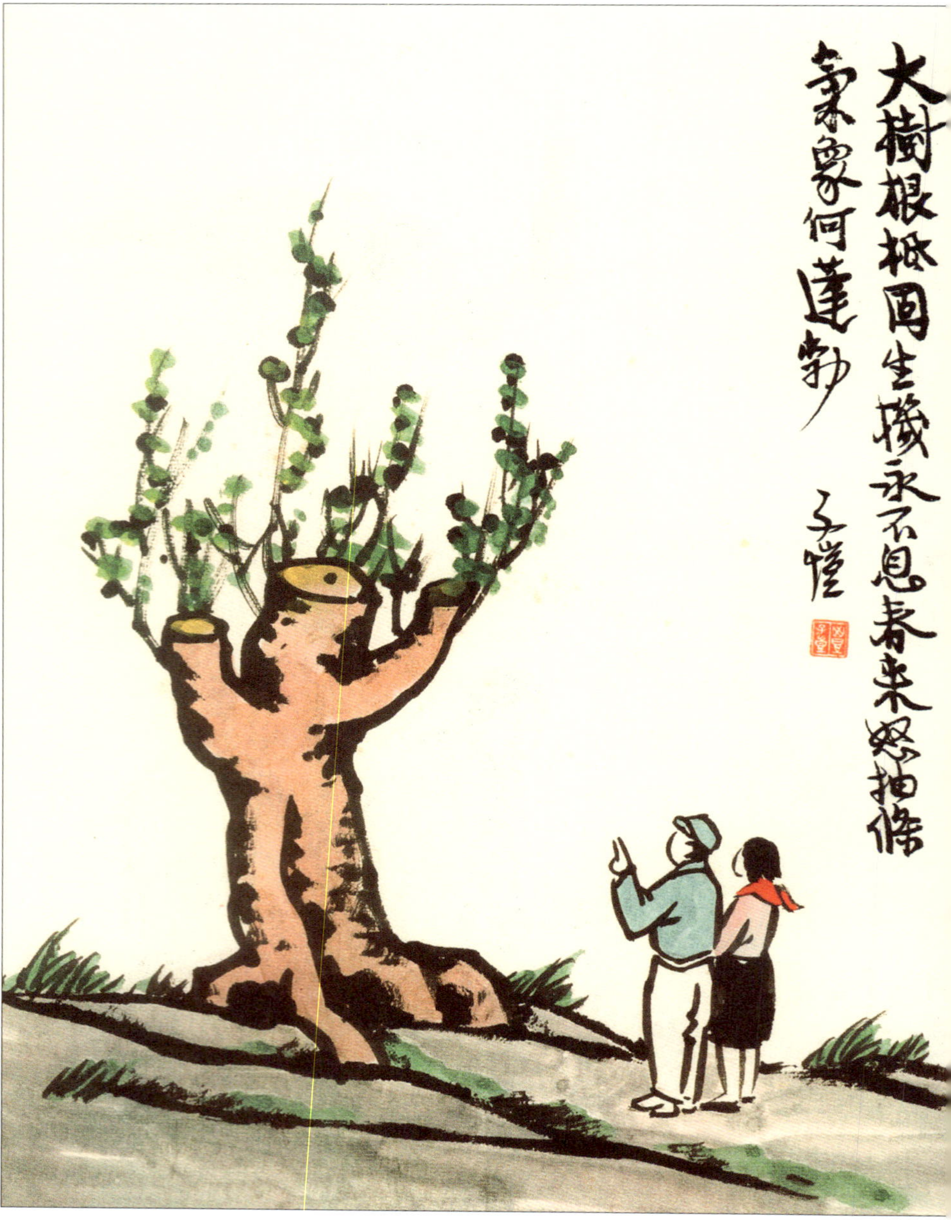
大樹根柢固生機永不息春來怒抽條
氣象何蓬勃
子愷
大树根柢固　生机永不息

警报作媒人

昔年的勇士

荣誉军人

颁白者

炮弹作花瓶　万世乐太平

轰炸　嘉兴所见

轰炸　广州所见

轰炸　广州所见

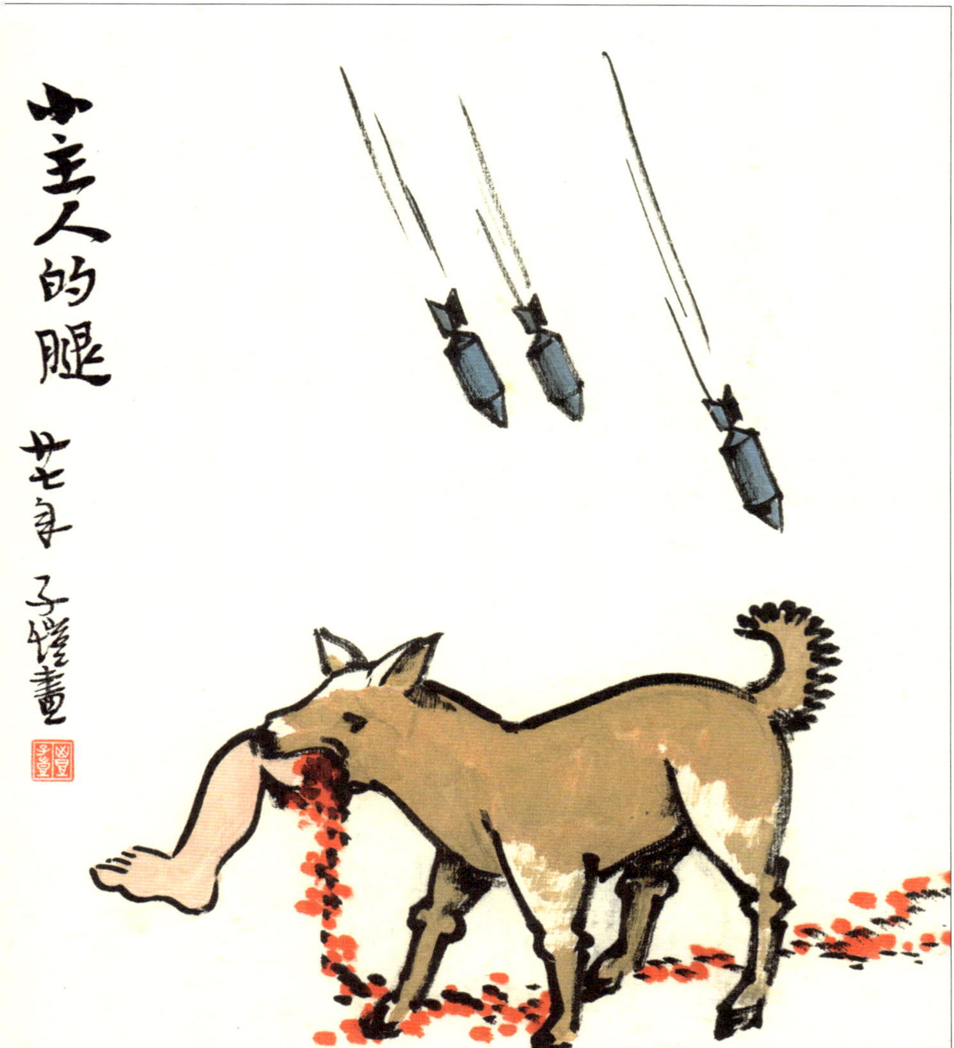

小主人的腿

仓皇

检查

粥少生多

一心以为有警报将至

“回乡豆！”复员期重庆小景

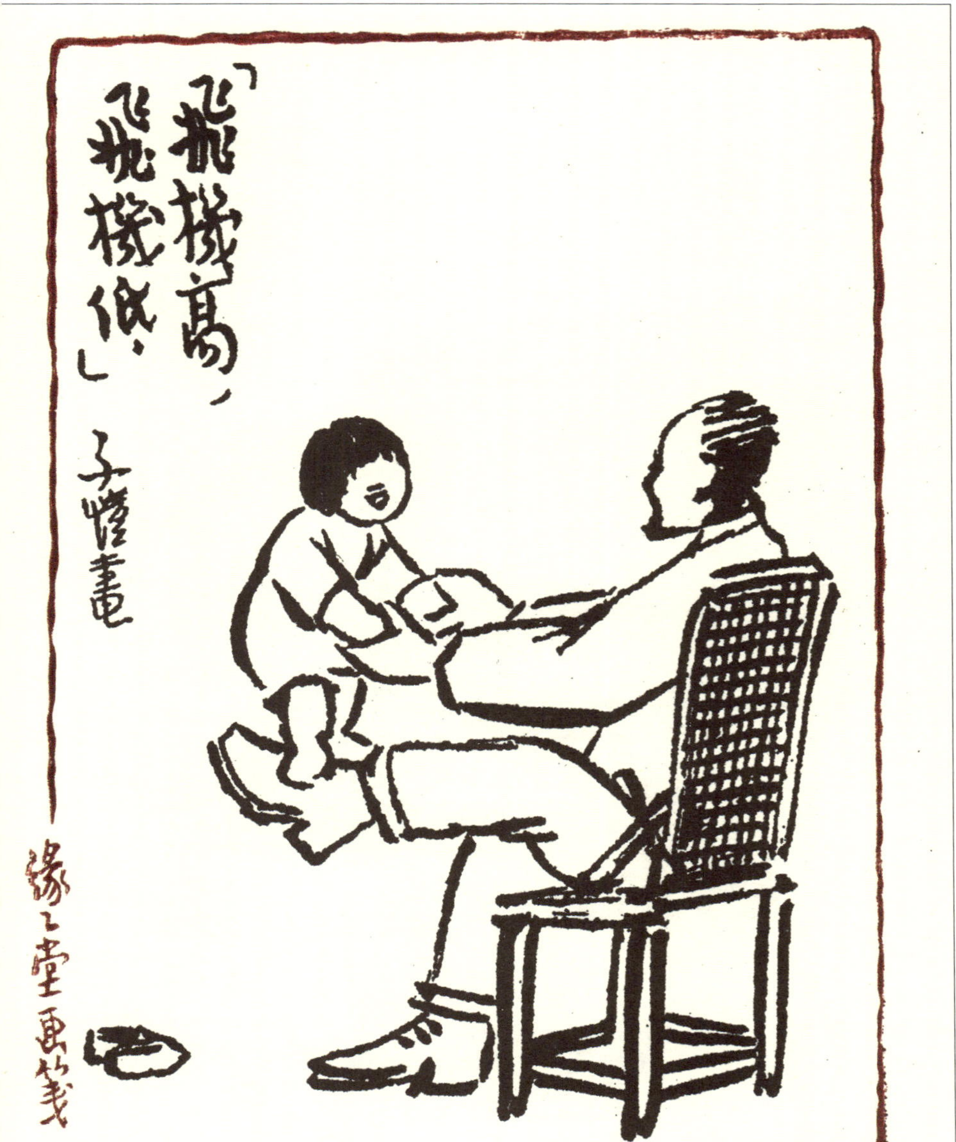
「飛機高、飛機低」
子愷畫
緣緣堂畫箋

“飞机高，飞机低。”

A BOY

谁当获者妇与姑　丈夫何在西击胡

劫后重生

卅四年八月十日之夜

待得来年重把酒　那知无雨又无风

儿童相见不相识

战时的儿童

稚子牵衣问　归来何太迟

战时相之一

义务书店

护生护心

子愷

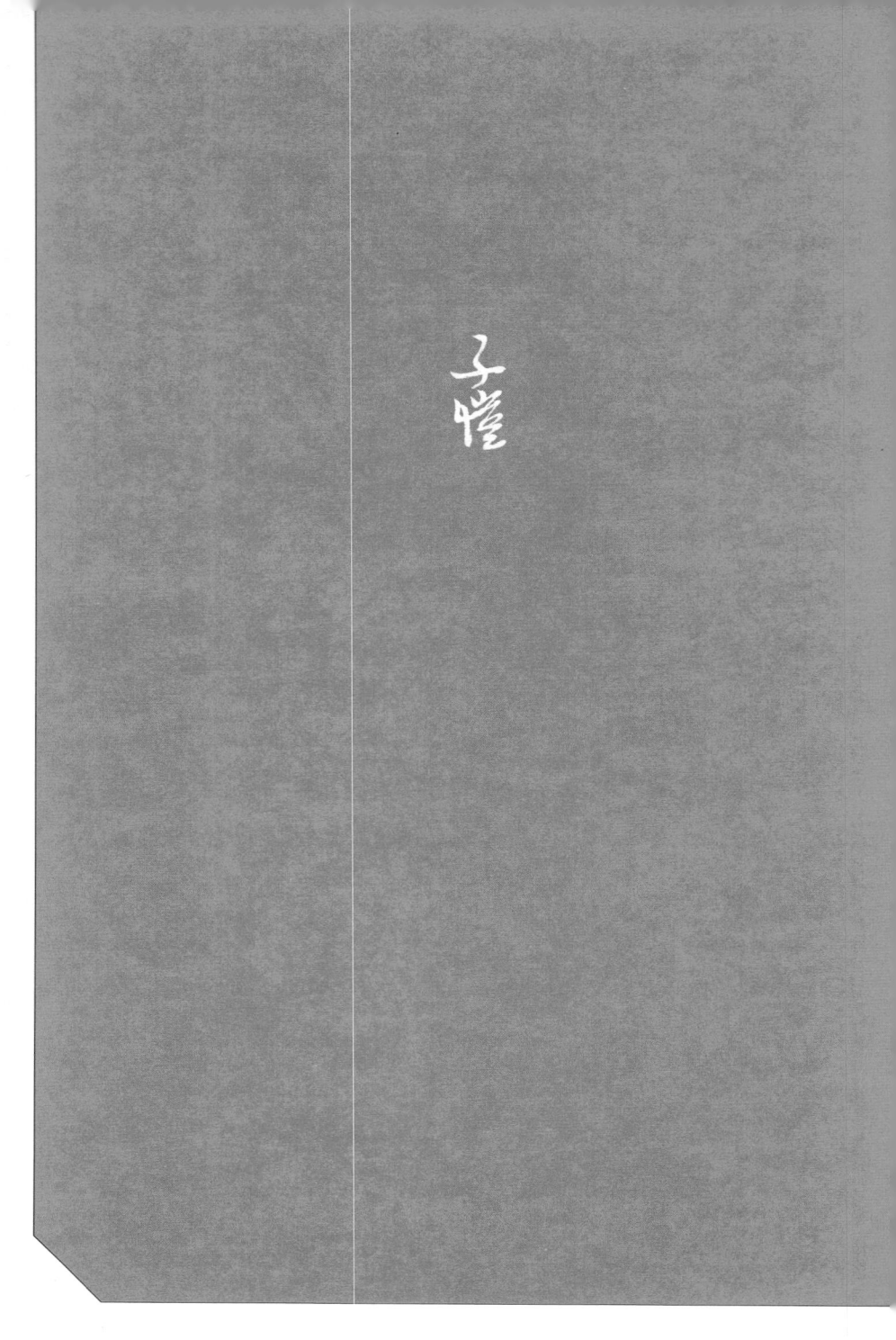

蚂蚁搬家

被弃的猫

哀鸣

得其所哉

得其所哉

大树垂枝　保我赤子

漏网

间接的自喂

惠而不费

生离欤　死别欤

倘使羊识字

大鱼啖小鱼　小鱼啖虾蛆

襁负其子

树的受刑

生机

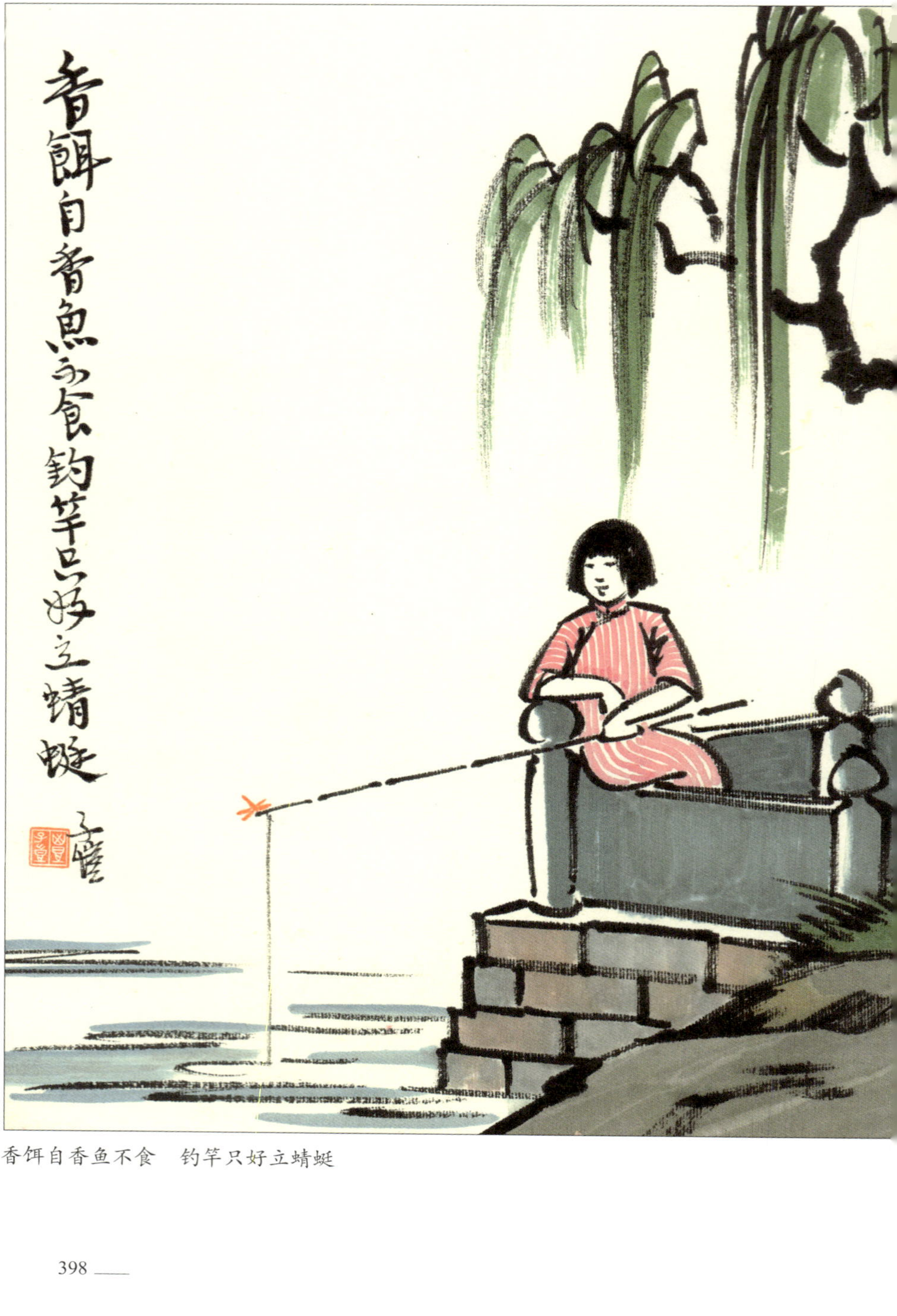
香餌自香魚不食釣竿只好立蜻蜓
子愷

香饵自香鱼不食　钓竿只好立蜻蜓

好鸟枝头亦朋友

静看檐蛛结网低　无端妨碍小虫飞

雀巢可俯而窥

“我的腿”

开棺

买得晨鸡共鸡语　常时不用等闲啼

鸥鸟可招

但令四海常丰稔　不嫌人间鼠雀多

惊异

吾徒胡为纵此乐　暴殄天物圣所哀

三千年开花三千年结实之桃

天空任鸟飞

封面

子恺

《我们的七月》（1924）

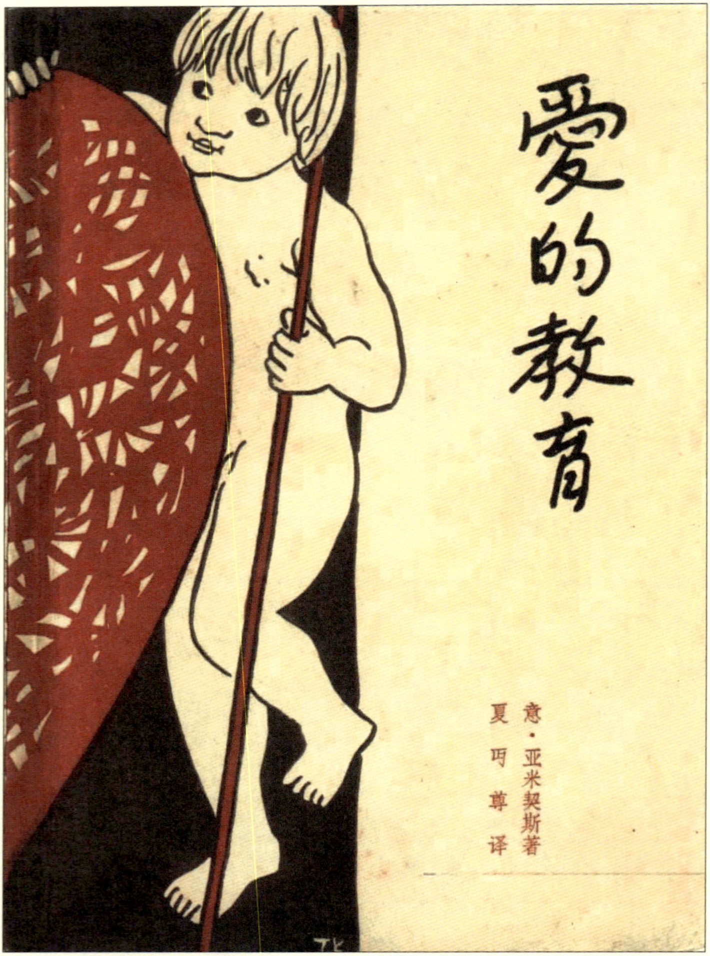

《爱的教育》（1926）

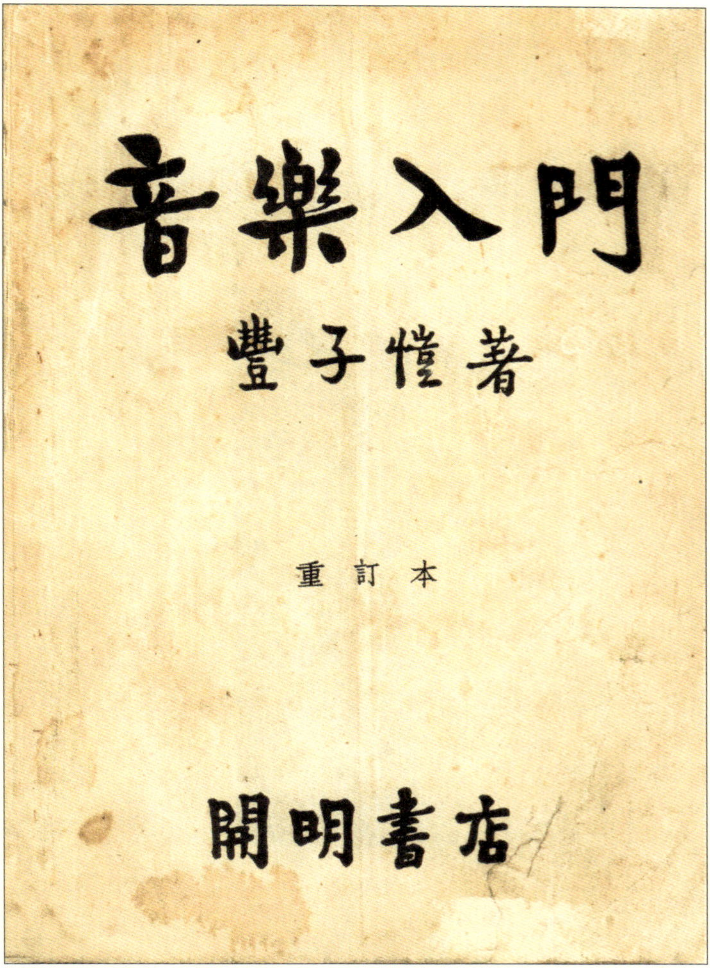

《音乐入门》（1926）

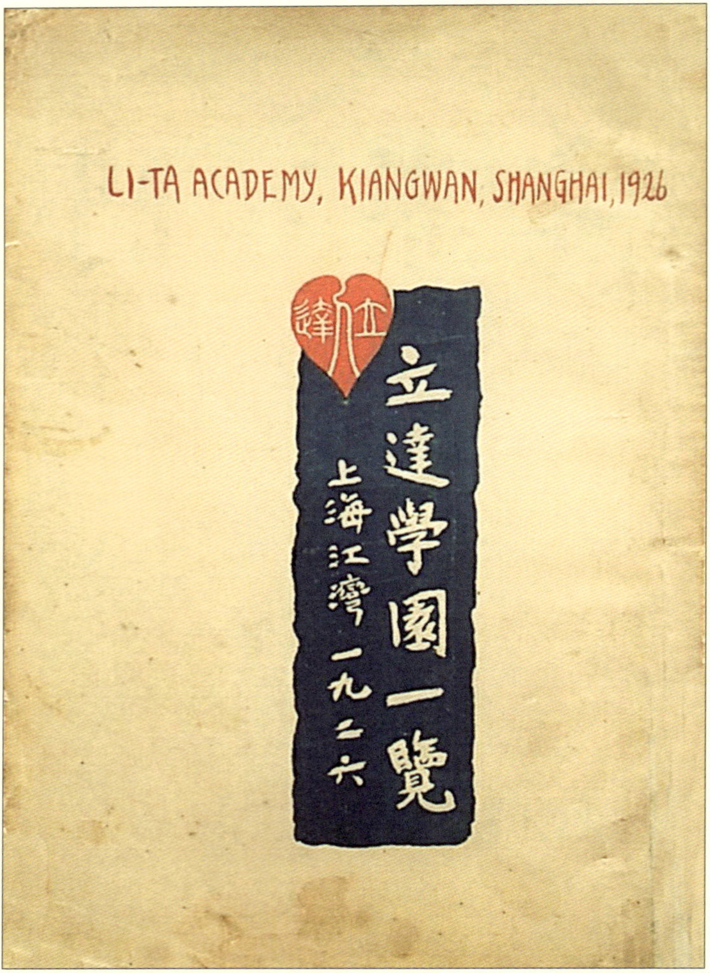

《立达学园一览》（1926）

《中国青年》第 121 期（1926）

中國青年

本期目錄

近來頗有些妄言家

悼唐際盛同志

介紹河南紅槍會

這就是『反動教育』

狗咬（短劇）

我們的時代

本刊對於讀者的兩個要求

第六卷第一號

（第一二六期）

一九二六年六月十日出版

《中国青年》第126期（1926）

《国木田独步集》（1927）

《子恺画集》（1927）

《新时代国语教科书》初小第六册（1927）

《新时代地理教科书》高小第二册（1927）

《小说世界》第十七卷第二期（1928 年）

《小说世界》第十七卷第三期（1928）

《小说世界》第十七卷第四期（1928）

《小说世界》第十八卷第二期（1929）

《小说世界》第十八卷 第三期（1929）

《春雨》（1930）

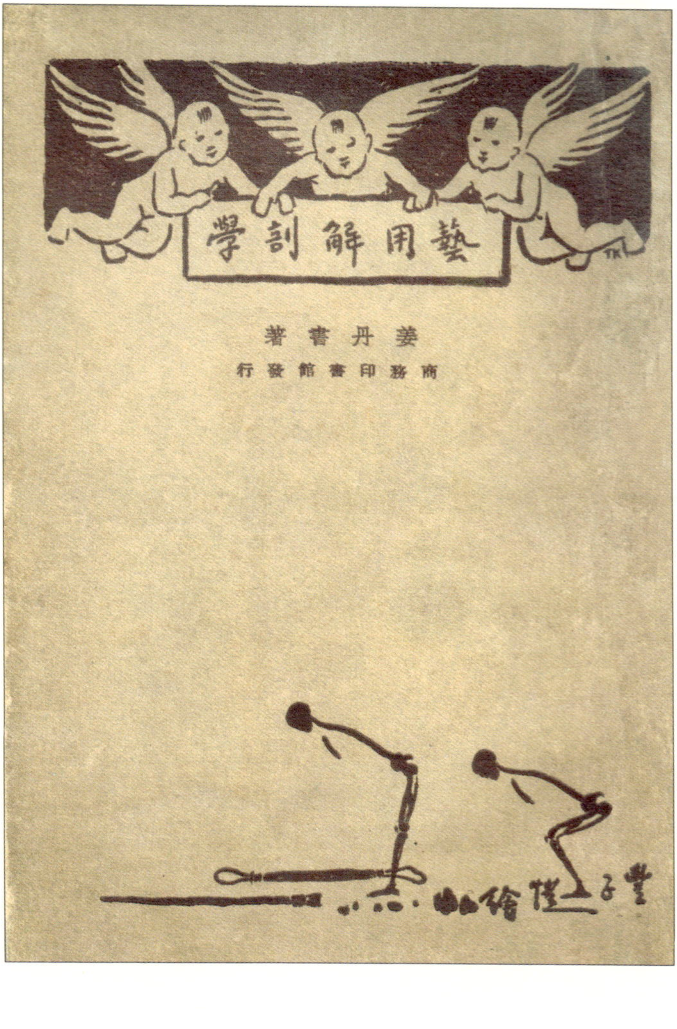

《艺用解剖学》（1930）

《结婚的爱》（1931）

《世界大音乐家与名曲》（1931）

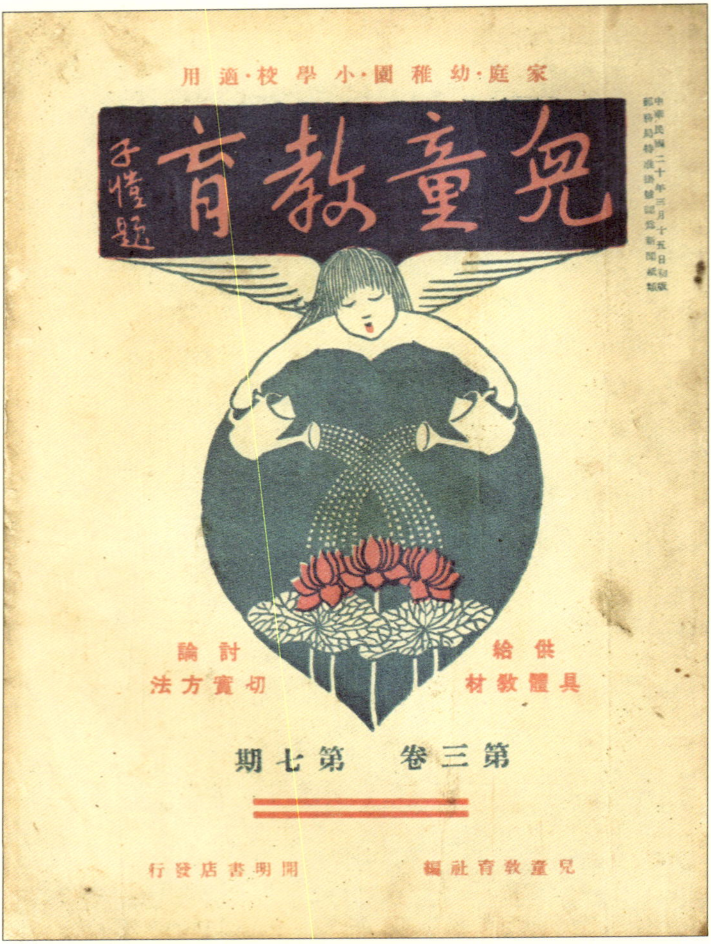

《儿童教育》第三卷第七期（1931）

《儿童教育》第五卷第一期（1931）

《小朋友》第 456 期（1931）

《小朋友》第 457 期（1931）

《小朋友》第 458 期（1931）

《小朋友》第 459 期（1931）

《小朋友》第 460 期（1931）

《小朋友》第 461 期（1931）

《小朋友》第 462 期（1931）

《小朋友》第 463 期（1931）

《小朋友》第 464 期（1931）

《小朋友》第 465 期（1931）

《小朋友》第 466 期（1931）

《小朋友》第 467 期（1931）

《小朋友》第 468 期（1931）

《东方杂志》第三十卷第一号（1933）

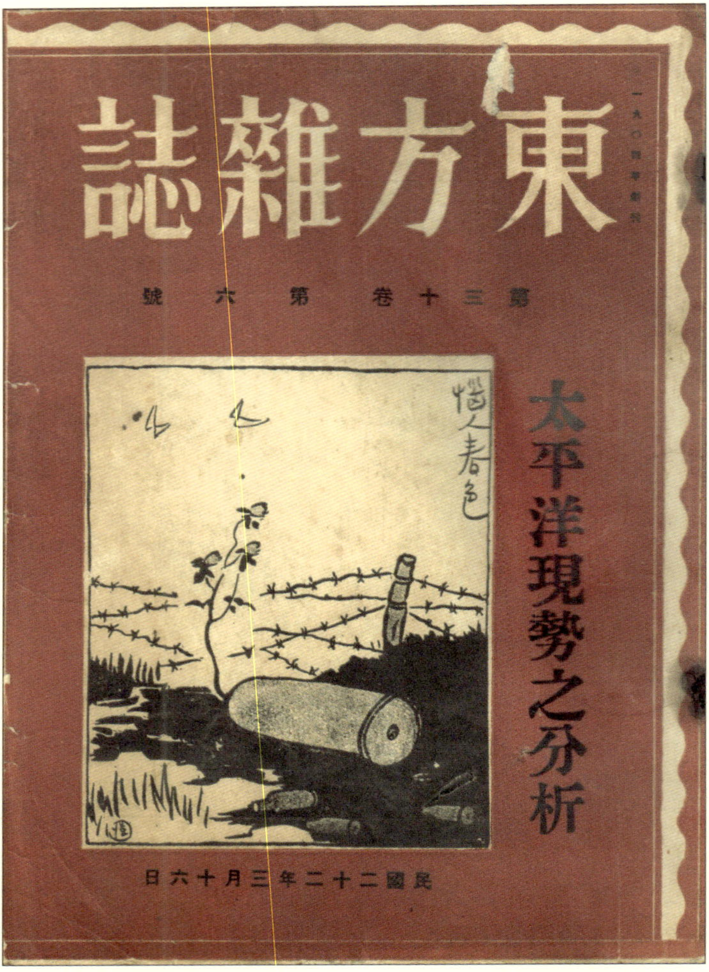

《东方杂志》第三十卷第六号（1933）

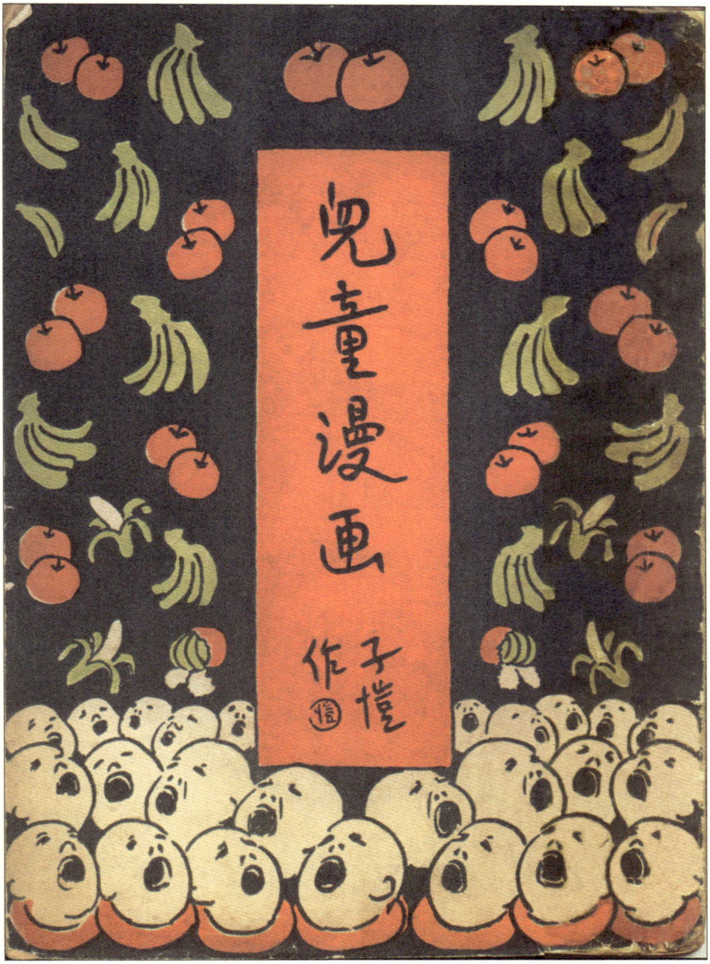

《儿童漫画》（1933）

《稻草人》（1934）

《新编醒世千家诗》（1935）

《中学生》第 52 期（1935）

《中学生》第 56 期（1935）

《中学生》第 57 期（1935）

《中学生》第 59 期（1935）

《中学生》第 60 期（1935）

《农村合作》第二卷第六期（1937）

《农村合作》第二卷第七期（1937）

《宇宙风》第 34 期（1937）

《宇宙风》第 35 期（1937）

《宇宙风》第 36 期（1937）

《宇宙风》第 38 期（1937）

《字字通》第八册（1937）

《闽粤语和国语对照集》（1938）

《中文名歌五十曲》（1938）

《兴华大力士》（1938）

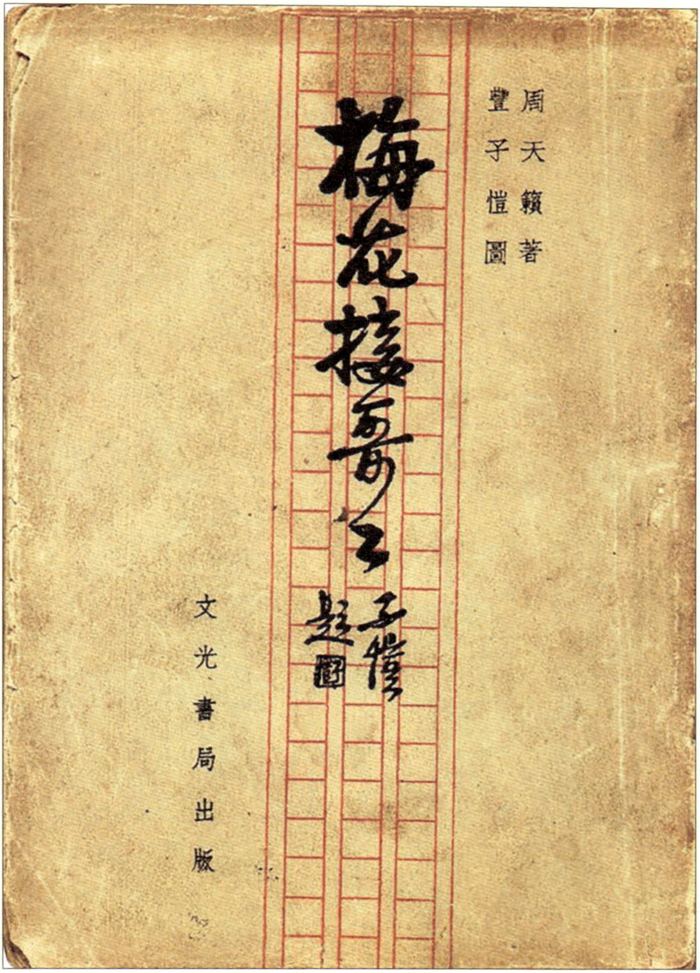

《梅花接哥哥》（1939）

《续护生画集》（1940）

《护生画集正续合刊》（1941）

《护生画三集》（1950）

《幼稚园读本》第二册（1943）

《子恺漫画选》（1946）

《教师日记》（1946）

《缘缘堂随笔》（1946）

《武训传》（1946）

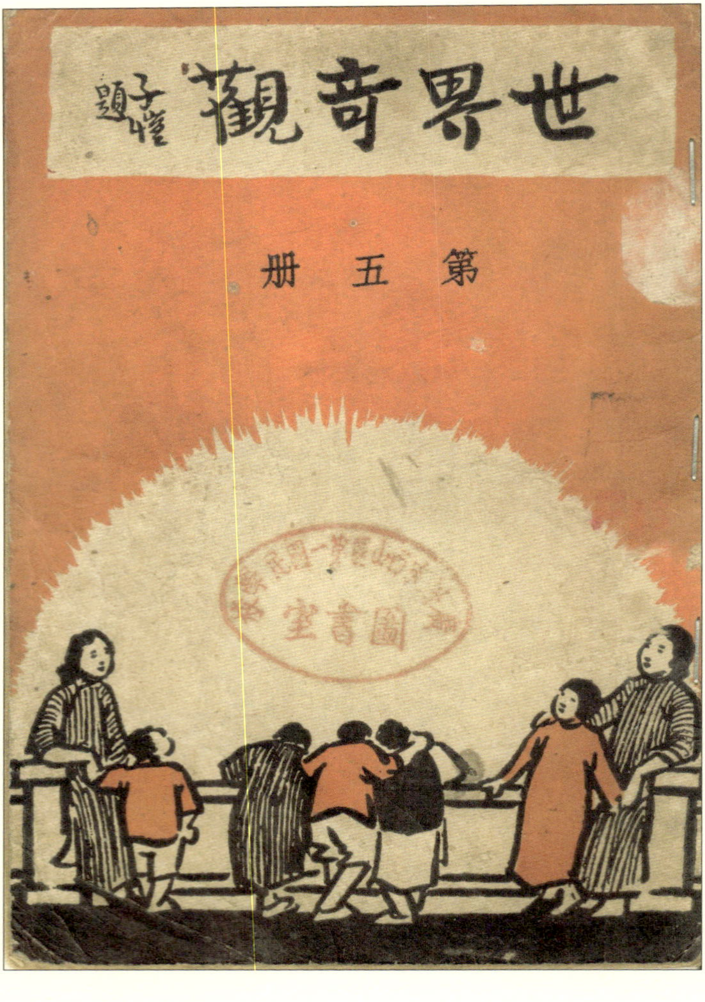

《世界奇观》（1947）

《幼幼画集》（1947）

《劫余漫画》（1947）

《孩子们的音乐》（1947）

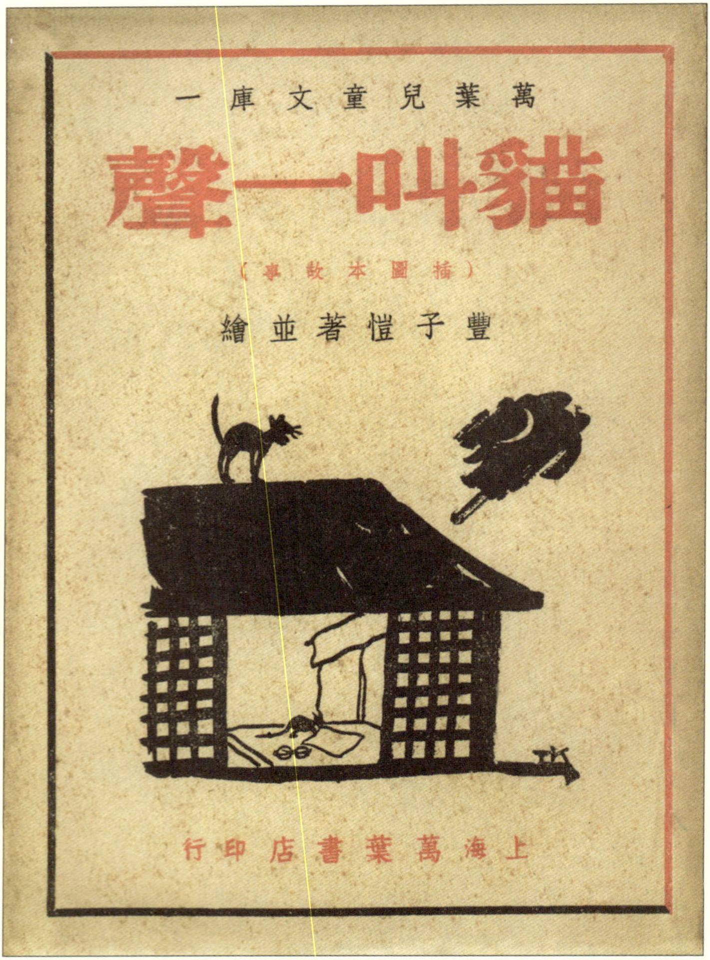

《猫叫一声》（1947）

《儿童故事》1（1947）

《儿童故事》2（1947）

《儿童故事》3（1947）

《儿童故事》4（1947）

《儿童故事》5（1947）

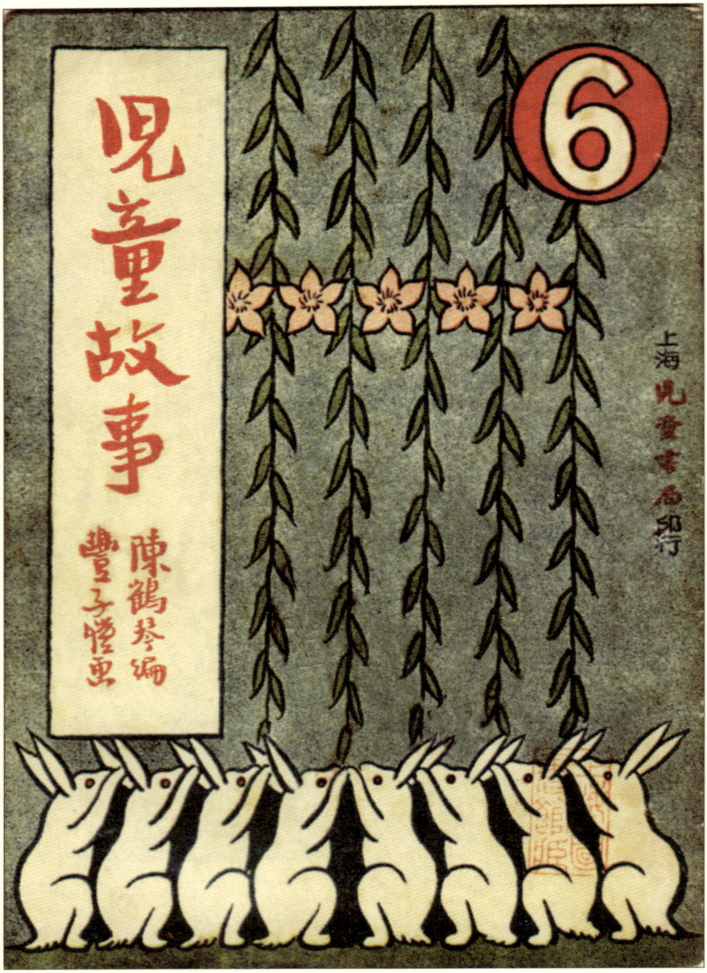

《儿童故事》6（1947）

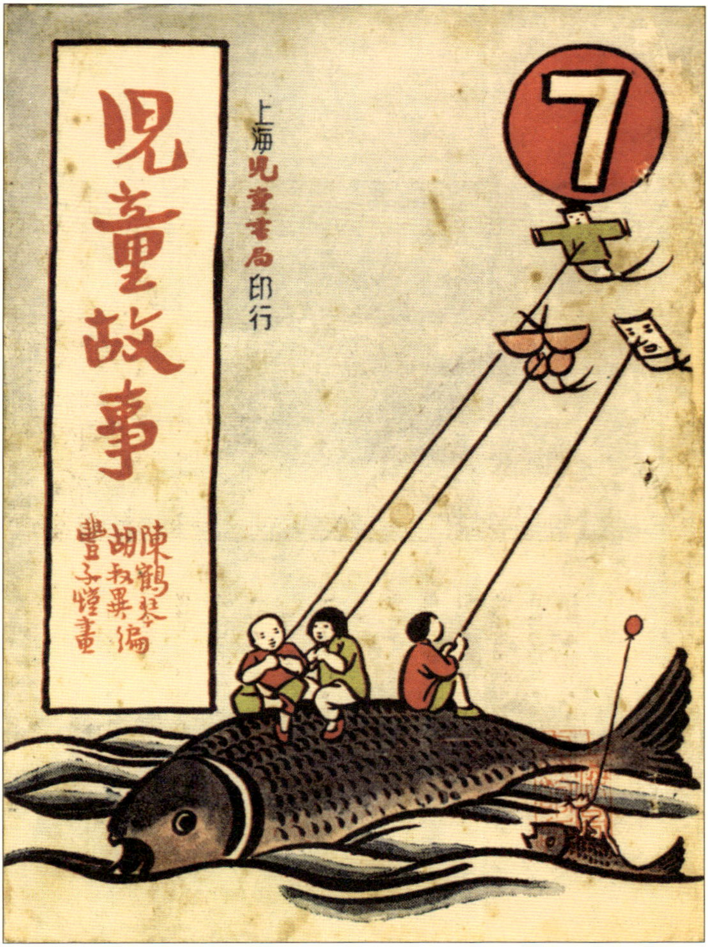

《儿童故事》7（1947）

《儿童故事》8（1947）

《儿童故事》9（1947）

《儿童故事》10（1947）

《儿童故事》11（1947）

《儿童故事》12（1947）

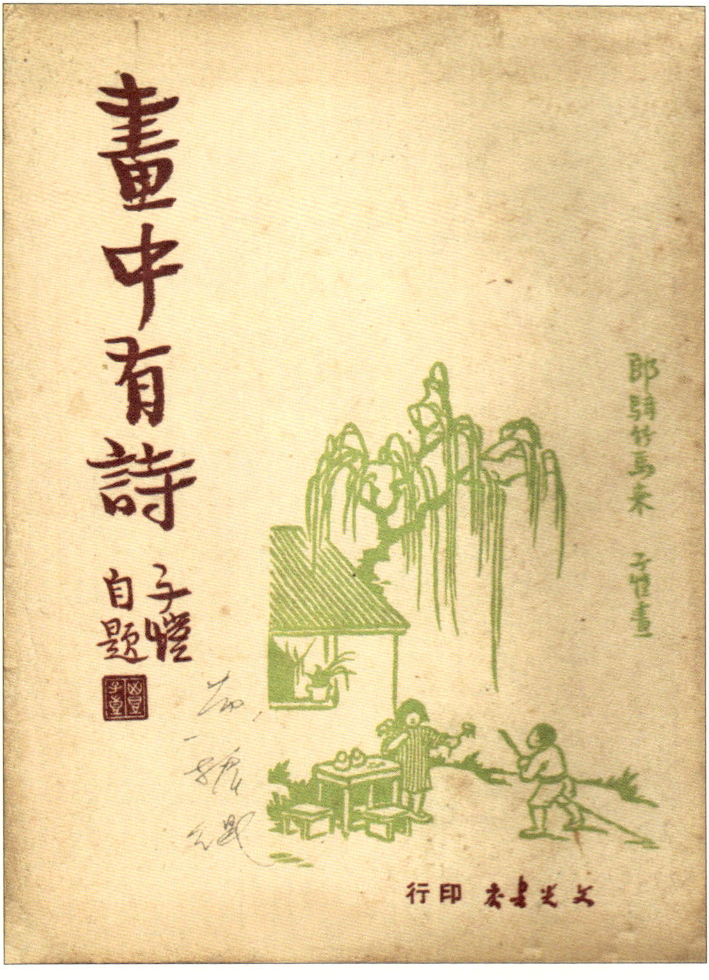

《画中有诗》（1948）

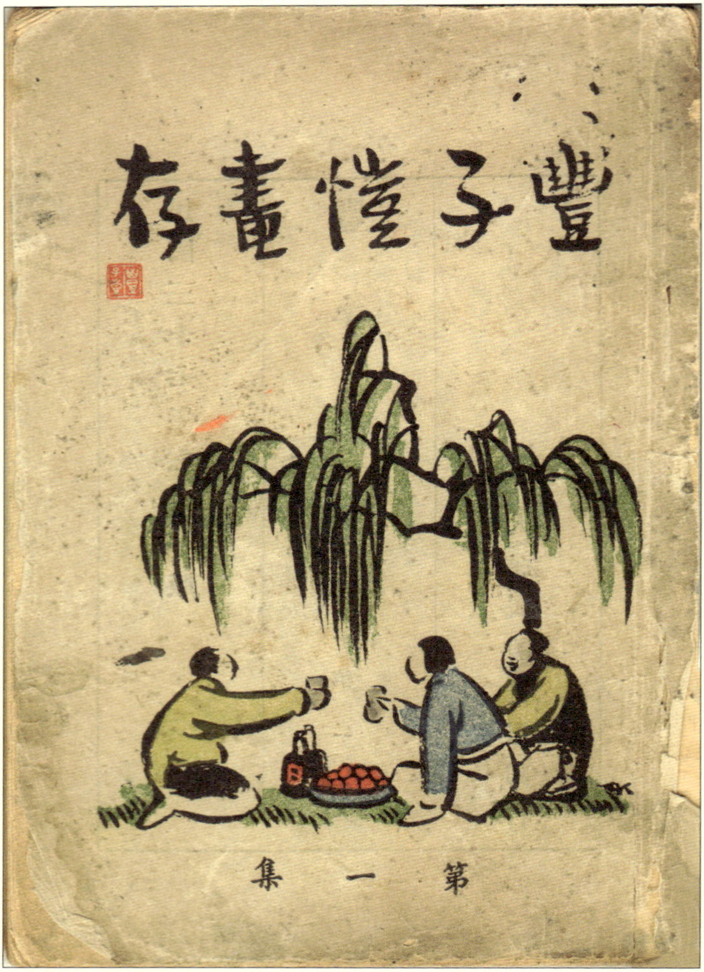

《丰子恺画存》第一集（1948）

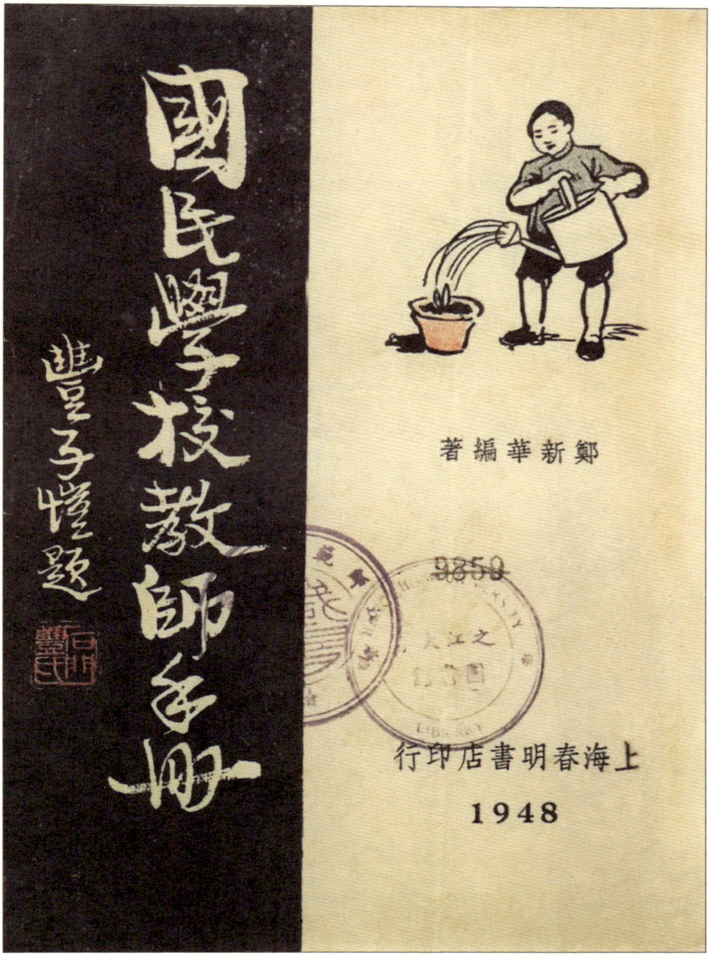

《国民学校教师手册》（1948）

《青鸟》（1948）

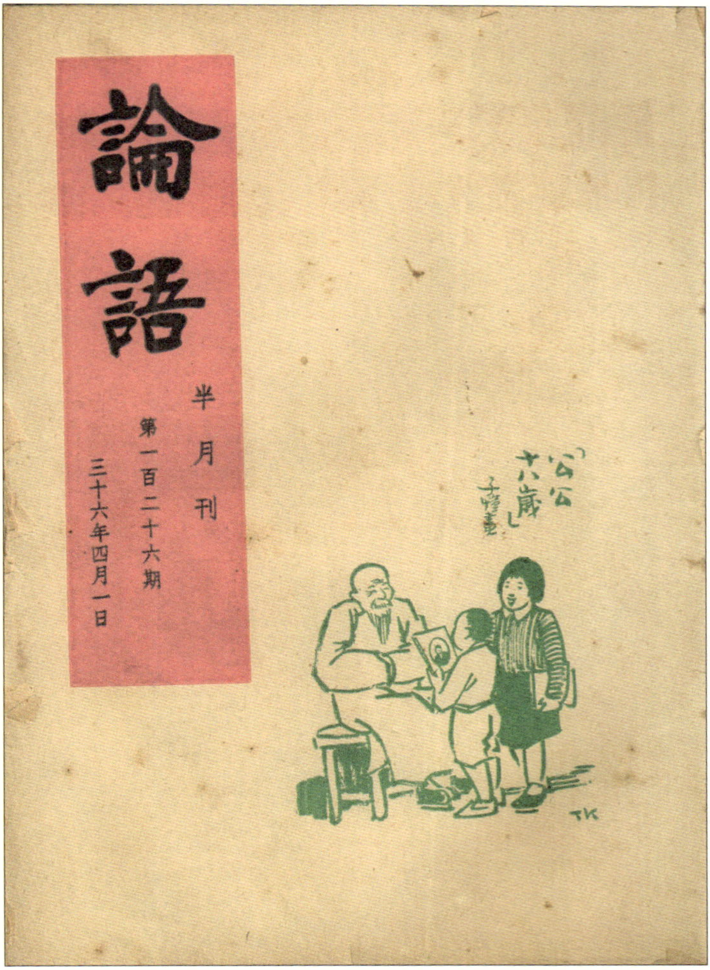

《论语》第 126 期（1947）

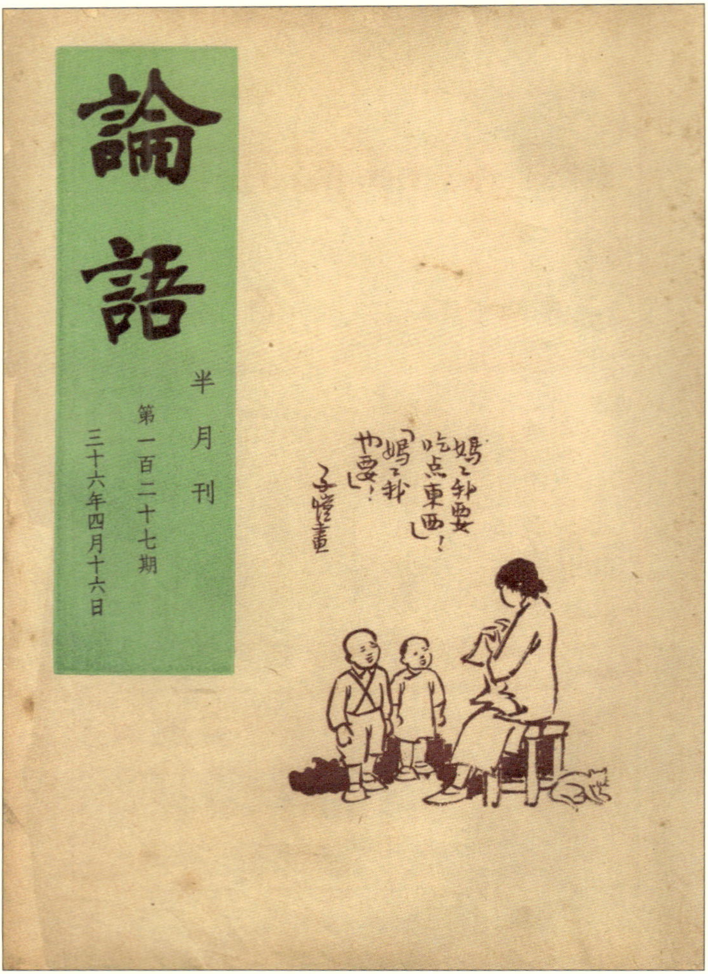

《论语》第 127 期（1947）

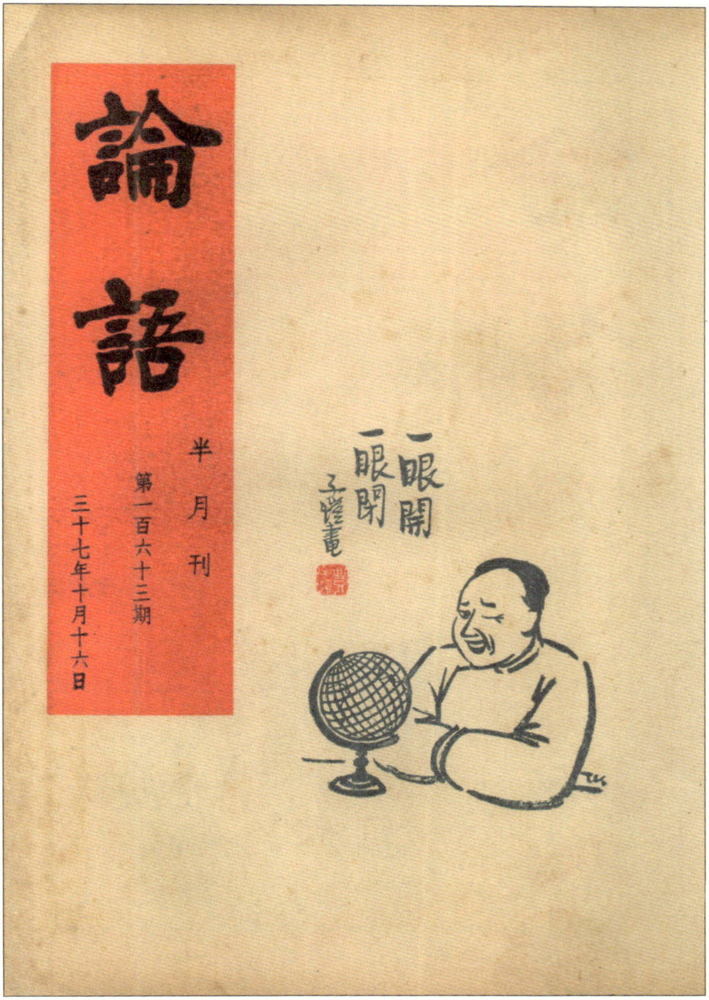

《论语》第 163 期（1948）

《论语》第 172 期（1949）

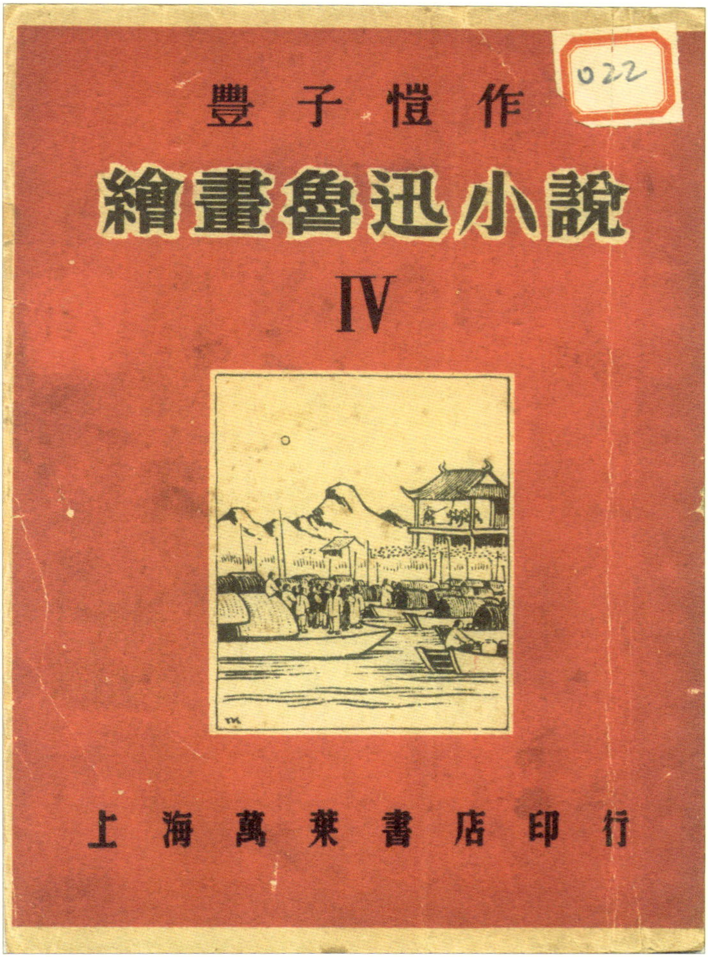

《绘画鲁迅小说》Ⅳ（1950）

《幼童唱游》4（1951）

《小朋友唱歌》4（1951）

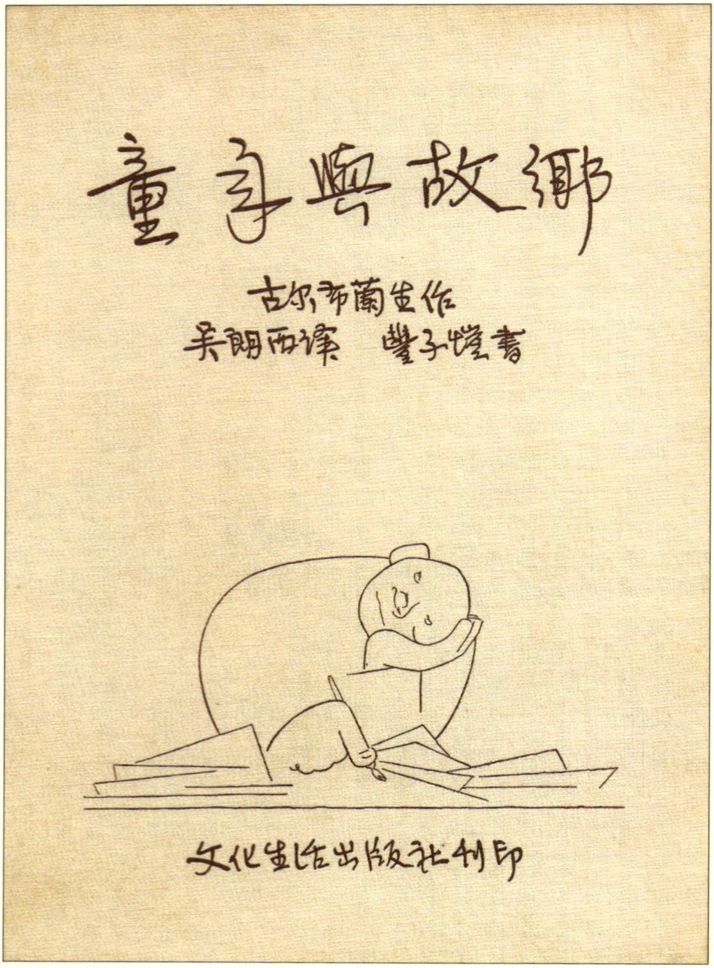

《童年与故乡》（1951）

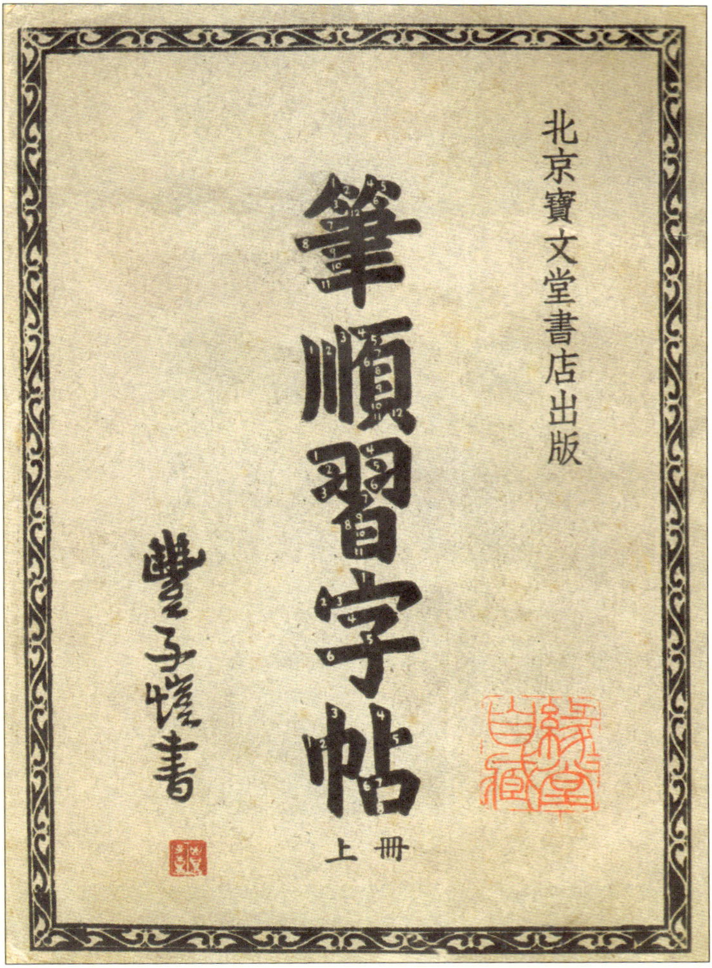

《笔顺习字帖》（1952）

《格林姆童话·青蛙王子》(1953)

《格林姆童话·灰姑娘》（1953）

《格林姆童话·金鹅》（1953）

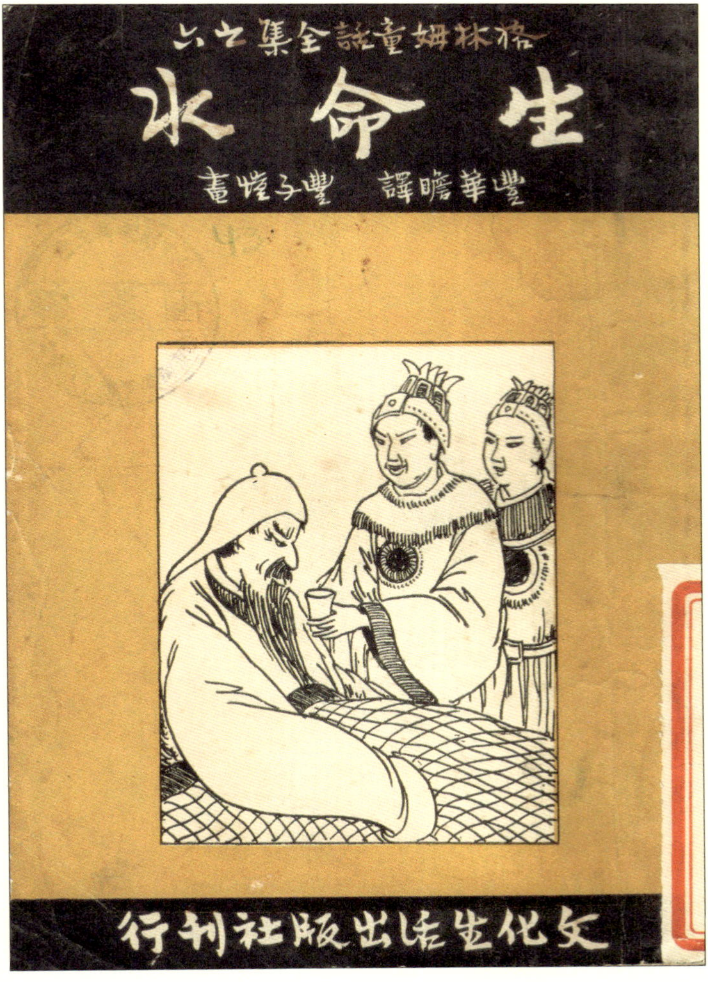

《格林姆童话·生命水》（1953）

《格林姆童话·铁汉斯》（1953）

《格林姆童话·格利芬》（1953）

《子恺漫画选》（1955）

《小朋友》（1957）

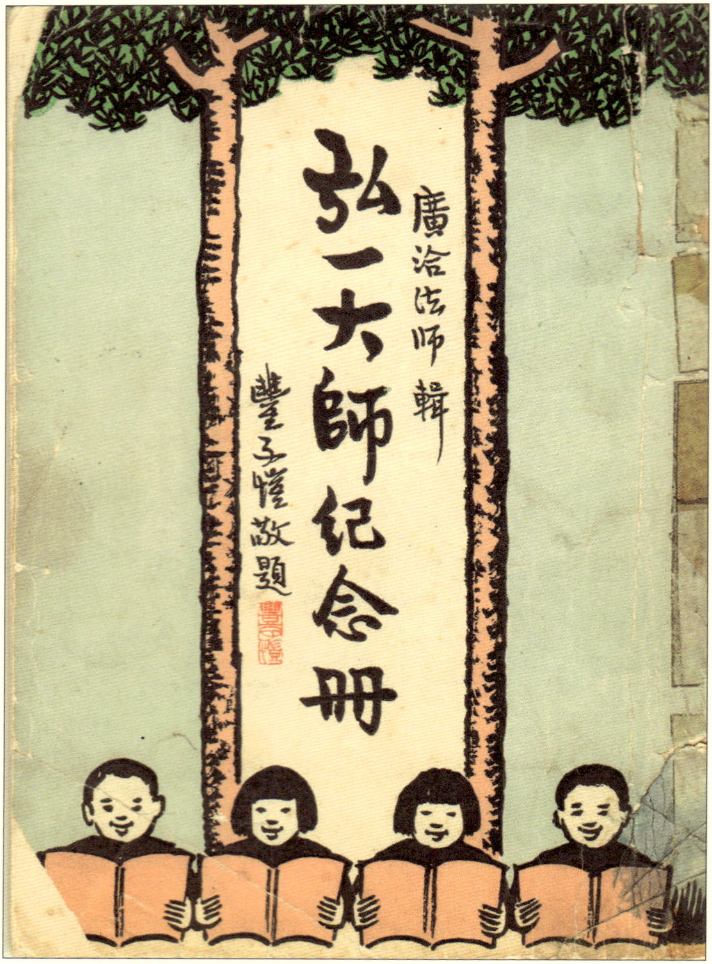

《弘一大师纪念册》（1957）

《漫画》第 107 期（1958）

《弥陀学校建校十周年》（1964）

《弥陀学校建校二十周年》（1974）